# Almagesto

# LA QUINTA PIEDRA

LOLA NÚÑEZ

DiQueSí

© del texto, Lola Núñez

© de las ilustraciones, Lola Núñez

© Ediciones DiQueSí

28022-Madrid

www.edicionesdiquesi.com

novedad@edicionesdiquesí.com

**DiQueSí**

Diseño: Estelle Talavera

ISBN: 978-84-945196-0-4

Depósito Legal: M-11370-2016

© Todos los derechos reservados

1ª Edición: Madrid, 2016

Impreso en España por Estiló Estugraf, S.L.

**36018057070773**

# LA QUINTA PIEDRA

Esta historia se escribió gracias a la magia de los que me rodean: a mi familia, siempre cerca de mí; a mis amigos, generosos y atentos; y a Mariché, paciente y entusiasta.

Porque leer es vivir, espero que los lectores vivan
este libro con la misma emoción que yo.

# CAPITULO 1
## Un vistazo rápido

Los peores augurios se habían hecho realidad: Lalo se encontraba en el coche de su madre camino del colegio interno donde pasaría el verano.

Aquel 30 de mayo, el automóvil se dirigía hacia el norte, a la tierra en la que el único cambio apreciable entre el invierno y el verano era el brillo de la neblina. Allí iba a estar recluido hasta septiembre.

Había fanfarroneado delante de sus amigos, haciéndoles creer que estaba encantado con lo que se avecinaba; sin embargo, ahora sentía cómo un nudo se instalaba bajo su incipiente nuez, dejando pasar apenas el aire justo para respirar.

Quería aparentar esa indiferencia tan suya que sacaba de quicio a su familia, pero solo conseguía disimular un ridículo puchero en sus labios y una humedad lacrimosa en sus ojos.

Lalo intentaba consolarse pensando en que el centro al que iba tendría unas magníficas instalaciones deportivas con infinidad de actividades de verano; aunque, en realidad, no sabía nada de aquel lugar, porque después de las desastrosas calificaciones de la última evaluación y los comentarios de los profesores que las acompañaban, sus padres se habían limitado a mirarlo con los ojos redondos y tristes y su madre le había anunciado:

—Lalo, hijo, si no eres capaz de ver por ti mismo el daño que haces a esta familia con tu actitud, debemos ayudarte a reflexionar sobre ello. Así que vamos a tomarnos vacaciones unos de otros. Y nada más.

Desde aquella breve notificación, de la que hacía ya casi tres semanas, el ambiente en su casa había sido plomizo. Todo se había desarrollado como en voz baja y hasta su hermano Javier, el pequeño al que Lalo adoraba, había mantenido una triste distancia de él.

Lalo tuvo que rumiar solo su angustia gris y brumosa e hizo lo que acostumbraba a hacer en otros conflictos: colocarse los cascos y permanecer horas tirado en el sofá o en la cama leyendo algunos de sus libros favoritos, aquellos a los que recurría siempre que necesitaba huir de algo: *Tarzán de los monos*, *Viaje al centro de la Tierra*, *Los tres mosqueteros*... Los había descubierto cuando estuvo recluido en la habitación que estaba junto a la cocina (por haber faltado a clase de Matemáticas durante varios días seguidos). Y es que un mes de castigo da para leer mucho cuando no hay nada más que hacer porque, privado de la tele, del ordenador y del móvil, y compartiendo el espacio solo con aquella colección de libros de su abuelo, se había asomado a la lectura, tímidamente primero, y con mayor ansiedad después, llegando casi a lamentar que se acabara su tiempo de castigo.

Entre sus pensamientos y el traqueteo del coche, que recorría a paso de tortuga las serpenteantes carreteras, Lalo se quedó amodorrado, hasta que un frenazo le hizo abrir los ojos.

–Hemos llegado a Almagesto –dijo su madre por fin–. Subir hasta aquí sigue siendo una tortura.

Le pareció escuchar que su voz se quebraba e intentó escrutar su gesto, pero ella se caló las gafas negras y abrió la puerta, sin devolverle la mirada.

Lalo se asomó por la ventanilla y observó el panorama: estaban en una elevada llanura desde la que se veía, bastante más abajo, un pueblo pequeño, rodeado de montañas. Aquel paisaje era lo más verde que había visto nunca; se podría decir que era de un verdor descarado, casi una ofensa para los ojos. Como contrapunto, el cielo comenzaba a cubrirse de nubes espesas y los últimos rayos del sol lanzaban chillones destellos de color naranja.

Frente a él se extendía un enorme lago y, como flotando sobre sus aguas, había un impresionante y extraño edificio, mezcla entre monasterio y palacio. Estaba formado por cinco torres, muy diferentes entre sí, construidas en una isla que estaba separada de tierra firme por una lengua de agua de unos pocos metros. La torre que daba acceso al conjunto se prologaba hacia ellos formando un largo puente que salvaba la lengua de agua. El edificio era de formas redondeadas. Lalo pensó que muchas de las estancias interiores a las que daban lugar esas formas debían ser absolutamente inútiles y las imaginaba como las construcciones que descubrió Alicia en su viaje al País de las Maravillas. Una locura, vamos.

Las torres estaban coronadas por superficies retorcidas. Sobre la entrada de la torre de la que partía el puente había un extraño símbolo: una especie de pentáculo de lados curvos rematado por cinco elipses, una en cada vértice.

También llamaban mucho la atención la combinación de materiales y colores que cubrían las fachadas de las torres: piedra rosada, azulejos, mosaicos, metales... El sol de la tarde se reflejaba como en un caleidoscopio en aquella cascada de formas y colores y, bajo los oblicuos rayos del sol, el edificio resplandecía con un brillo dorado casi mágico.

Lalo vio que, a la entrada del puente, varios hombres y mujeres ataviados con túnicas de color azul recibían a otros muchachos y a sus padres.

El chico seguía mirando absorto a su alrededor. La voz de su madre lo apartó de sus pensamientos.

–Saca tus cosas –le ordenó desde fuera.

–¿Dónde estamos? –reaccionó Lalo de pronto.

–Como te he dicho antes, esto es Almagesto, el lugar donde pasarás los próximos meses.

–Pero esto no es un colegio.

–Nadie te dijo que ibas a ir a un colegio, eso lo imaginaste tú.

La mujer se alejó del vehículo, en dirección a la entrada, mientras se echaba el jersey por los hombros.

El chico se cargó a la espalda el enorme macuto donde había apiñado sus cosas y siguió a su madre. Vio que se acercaba a un hombre que destacaba especialmente entre todos los que vestían aquellas túnicas, porque era alto y muy delgado, tenía los rasgos angulosos y el pelo, oscuro y largo, lo llevaba recogido con una coleta en la nuca.

Lalo llegó junto a ellos. Su madre lo tomó por el brazo e hizo las presentaciones:

–Venerable Manuel, este es mi hijo Gonzalo; Gonzalo, te presento al Venerable Manuel, un hombre de enorme sabiduría que espero que sea de tanta ayuda para ti como lo fue para mí.

–Hola, Gonzalo –saludó el hombre–. Tu madre me ha hablado mucho de ti. Tenía ganas de conocerte. Sé que eres un chico muy especial.

La madre de Lalo miró al hombre fijamente con gesto de súplica e intervino de nuevo:

—Y tengo la confianza de que Manuel velará por ti durante el tiempo que permanezcas aquí.

El hombre se volvió hacia ella y respondió:

—No tengas ninguna duda.

Manuel tomó del brazo a la madre de Lalo y se la llevó un poco más lejos. El chico aguzó el oído, pero solo pudo escuchar algunas palabras y expresiones sueltas.

—... si mi hijo corre algún peligro...

—El Consejo de venerables nunca lo permitiría...

—Está aquí porque tú me lo has pedido...

—... sabes lo que desea el Guardián...

El muchacho estaba desconcertado y se estremeció al escuchar aquella enigmática conversación. Le sorprendía la devoción con que su madre miraba a aquel hombre vestido de azul; además, si aquel monje era tan importante para ella, ¿cómo se explicaba que nunca le hubiera hablado de él? Y lo más preocupante: ¿corría algún peligro en aquel extraño lugar? Y, de ser así, ¿por qué su madre confiaba su seguridad a alguien que era para él era un completo desconocido?

El venerable levantó la mano, lentamente pero con autoridad, indicando que no debían seguir discutiendo. Luego, ambos se acercaron al chico.

Lalo decidió no manifestar en voz alta ninguna de las cuestiones que se agolpaban en su cabeza. Únicamente se limitó a observar a su interlocutor con detenimiento durante unos instantes. Descubrió en su rostro una sonrisa bastante más joven de lo que había calculado al principio; tenía una voz apacible y unos ojos oscuros y profundos como pozos. Llamó su atención el símbolo que el Venerable Manuel llevaba bordado en hilo de oro en su túnica. El mismo que había visto sobre la entrada del edificio. Estaba seguro de que aquello era un presagio de misterio y aventuras.

No era extraño que Lalo encontrara un enigma casi en cualquier personaje, objeto o situación; tenía mucha imaginación y solía descubrir poderes fuera de lo normal en sí mismo y en todo lo que le rodeaba. Hasta este momento había creído que nadie de su entorno se había dado cuenta de sus capacidades extraordinarias; pero ahora, después de las palabras del Venerable Manuel, llegaba a pensar que otros también hallaban en él ciertas aptitudes que sobrepasaban las de los seres humanos corrientes. ¿Quién lo hubiera pensado?

La voz del Venerable Manuel le sacó de sus cavilaciones:

–Es hora de entrar.

El hombre, sonriendo dulcemente, se separó un poco del chico y de su madre para permitirles que se despidieran.

Lalo no se sentía tan angustiado como había imaginado durante el viaje. Y ello se debía en gran parte a que el Venerable Manuel le transmitía paz y confianza, como si se conocieran desde siempre. No obstante, había algo que le abrasaba la garganta: veía a su madre tan triste y distante que hubiera dado cualquier cosa por verla enfadada y que le soltara uno de aquellos gritos suyos tan característicos: "¡Lalo, deja de hacer el tonto!".

En el momento de despedirse, su madre lo miró desde una distancia que a él le pareció infinita y dijo:

–Dame el móvil. Si quieres contarnos algo puedes escribir una carta.

"¡Una carta...! ¿Quién escribe cartas en la actualidad", pensó Lalo sintiéndose como si le hubieran trasladado al Paleolítico.

–Habrá internet aquí, por lo menos, ¿no? –preguntó Lalo mientras alargaba el teléfono a su madre.

–No tengo ni idea de lo que hay ahora.

Lalo sintió que su garganta se cerraba.

–¿No me vas a decir nada más?

Por toda respuesta ella giró la cabeza de un lado a otro, depositó un beso en la mejilla de su hijo y se dio la vuelta, mientras le advertía:

–Ten cuidado, por favor.

Lalo creyó ver una lágrima brillar a contraluz en la mejilla de su madre, pero no pudo comprobarlo porque se metió en el coche y arrancó de inmediato.

El chico bajó la cabeza y enfiló la entrada del edificio. De pronto, giró de un salto y salió corriendo detrás del coche.

–¡Mamá, mami, no me has dejado dinero! ¡Mami...!

El coche se alejaba cada vez más y Lalo tuvo que desistir. Miró hacia donde estaba el Venerable Manuel y este hizo un gesto para indicarle que volviera.

–Es que no me ha dejado más que treinta euros... –protestó.

–Tendrás de sobra con eso –respondió el hombre con una seguridad sorprendente.

Lalo no quiso llevarle la contraria, para no empezar su estancia en aquel sitio con una discusión y ganarse, como siempre, la fama de insolente, pero pensó que aquel hombre con pinta de monje tenía poca idea de lo que un adolescente podía necesitar durante tres meses. Así que decidió que iba a escribir cuanto antes una carta pidiendo fondos, por lo menos, para unos días.

# CAPITULO 2
## Una ojeada alrededor

El Venerable Manuel echó a andar por el puente y Lalo lo siguió. Era una construcción de aspecto peculiar que respondía perfectamente al estilo general del conjunto. Sus ojos se detuvieron en el símbolo que había sobre la puerta que daba entrada a la torre, el mismo que los venerables llevaban en sus túnicas.

Se adentraron en la torre de acceso. El enorme vestíbulo de altos techos era un amplio túnel que atravesaba de parte a parte la torre. El techo era de altura irregular, Lalo calculó que el vestíbulo podría medir lo mismo que un edificio de cuatro plantas en su parte más alta y la mitad en la parte más baja.

Desde fuera no se apreciaba bien, pero el extraño cinturón asimétrico que parecía abrazar la parte inferior de la torre estaba cubierto por vidrieras que proyectaban formas y colores sorprendentes al interior.

–Este lugar fue construido para aprovechar al máximo la luz, por eso tiene tantos cristales y vidrieras –explicó el Venerable Manuel, que parecía haber adivinado la curiosidad que la arquitectura del monasterio despertaba en Lalo–. La torre que hay frente a nosotros, justo al otro lado del patio, se llama Alba, porque está situada al este del monasterio y recibe el primer sol de la mañana; esta en la que nos encontramos es Ocaso, en ella se refleja el sol del atardecer y es la que despide el día.

Lalo asintió distraído y, sin pensar demasiado en la explicación, continuó admirando aquel caleidoscopio que lo envolvía.

Abandonaron el vestíbulo y llegaron al patio central. El chico giró sobre sus talones para contemplar mejor las cinco torres. Se veían realmente majestuosas y Lalo recordó las palabras de su profesor de Lengua cuando les contó su viaje a la India del último verano. El hombre había descrito ante la clase su visita al Taj-Mahal con una enorme cursilería: "El edificio, completamente recubierto de mármol, blanco como el interior de una ebúrnea ostra, era de alzado perfectamente simétrico. Su onírica imagen aparecía ante mis atónitos ojos como el escenario mágico de pasiones solo descritas con propiedad en homéricas obras...".

Lalo sonrió pensando en la cara de bobalicón de su profesor mientras hablaba y la gracia que les había hecho a sus compañeros que hubiera sido capaz de aprenderse de memoria la perorata solo con haberla escuchado una vez. Y es que la memoria de Lalo era realmente prodigiosa, pero la utilizaba solo para divertirse, para aprender de memoria diálogos absurdos de películas, retahílas sin sentido que encontraba en libros de fantasía y nombres impronunciables de personajes o lugares.

Echó otra mirada a las cuatro torres que se alzaban imponentes frente a él. Su altura y el brillo que reflejaban le impresionaron hasta dejarlo casi sin aliento.

Había bastante trasiego de chicos y mayores. Sin detenerse, el Venerable Manuel se dirigió hacia la puerta de la torre que estaba justo a la derecha de Ocaso. Lalo tuvo que apresurarse para no perderlo. Subieron las escaleras hasta la tercera planta.

–Te voy a enseñar tu habitación –indicó el hombre amablemente–. Da la casualidad de que fue también la mía durante algunos veranos cuando tenía tu edad. Espero que te guste.

–Seguro que sí –respondió Lalo con un hilo de voz.

Llegaron a un dormitorio amplio y luminoso, de forma semicircular, en el que había cinco camas separadas entre sí por armarios. La tarima crujió levemente a su paso. Pegada a la pared recta, la que se podía considerar el diámetro del círculo, había una mesa, que también era semicircular. En el suelo, bajo la mesa, media rosa de los vientos; una figura realmente hermosa, confeccionada con incrustaciones de maderas claras y oscuras, que estaba inscrita en un círculo de madera oscura.

"Qué obsesión tiene esta gente con los puntos cardinales", pensó Lalo mientras intentaba retomar el hilo de la explicación del Venerable Manuel.

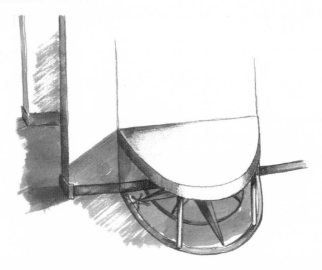

El chico miró hacia arriba y vio cuatro ventanas que arrojaban una luz dorada sobre las blancas colchas.

El Venerable Manuel caminaba de un lado a otro comprobando que todo estuviera en orden. Abrió la puerta del baño, al que se accedía por el lado opuesto a la entrada de la habitación, e hizo una seña a Lalo para mostrárselo. El chico se asomó y vio que era amplio: tenía dos cabinas de ducha, dos cámaras con inodoros y dos lavabos.

Al salir del baño, se volvió distraídamente hacia Manuel.

–¿Puedo elegir la cama que quiera? –preguntó.

–Claro, pero tendrás que ponerte de acuerdo con el resto de los chicos que van a ocupar esta habitación. ¿Tienes alguna preferencia?

–Sí. Me gustaría una cama que no recibiera mucho sol por la mañana. La luz me despierta.

–Seguro que no hay problema –afirmó al tiempo que señalaba hacia su izquierda–. Este dormitorio tiene orientación noroeste, la luz de la mañana es tenue en este lado.

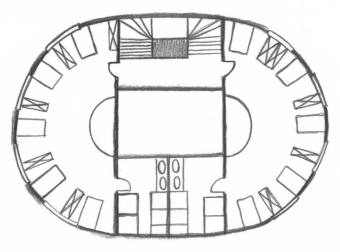

Luego sonrió con un punto de picardía y añadió:

–De todos modos, no creo que a las siete llegue a molestarte mucho la luz.

Lalo se quedó estupefacto: ¿quién sería capaz de madrugar tanto en verano?

–¿Y estaremos estudiando desde esa hora? –preguntó el chico, un poco inquieto.

–No, no solo estudiando. Descubrirás que hay muchas otras cosas que hacer.

–¿Serás tú mi profesor?

–Ninguno de nosotros es profesor, porque esto no es un colegio. Yo seré tu preceptor durante estos meses, te ayudaré a estudiar, podrás comentar conmigo tus dudas y tus problemas; en definitiva, conviviremos estrechamente.

–Y velará por mí, como le ha prometido a mi madre –dijo mirando fijamente a los ojos de Manuel.

–Por supuesto que lo haré –lo tranquilizó él–. Pero no creo que vayas a estar en peligro aquí. Tu madre se preocupa demasiado.

Lalo no continuó con la conversación porque cada nuevo comentario generaba en él una riada de dudas.

En ese momento, otros chicos acompañados por venerables ataviados con túnicas entraron en la habitación. Todos saludaron alegremente y el Venerable Manuel hizo las presentaciones:

–Gonzalo, estos son otros preceptores con los que convivirás: el Venerable Julián, el Venerable Alfonso, la Venerable Sara y el Venerable Luis.

Todos hicieron leves inclinaciones de cabeza a modo de saludo. A continuación, Lalo se fijó en los muchachos que iban a ser sus compañeros de habitación. Llamó su atención un chico ciego que seguía al Venerable Luis y que parecía algo más pequeño. Iba acompañado de un perro lazarillo, un labrador de lustroso pelo negro que permanecía pacientemente al lado de su amo.

–Este es Rodrigo –presentó el Venerable Manuel–. Él y su perro Estrás vivirán aquí.

Tocó el hombro del muchacho para continuar:

–Rodrigo, estos son tus compañeros: Gonzalo, Jaime, Yamil y Enrique.

El Venerable Luis intervino entonces:

–Os dejamos solos para que os conozcáis y hagáis el reparto de camas. Deshaced las maletas y lavaos para la cena, que estará lista dentro de una hora.

Los hombres salieron de la habitación y Lalo consultó el reloj.

–Entonces es que se cena a las nueve –anunció, mirando a su alrededor.

–Pues qué pronto –refunfuñó Jaime.

El interés de Lalo se centraba ahora en la elección de las camas.

–¿Tenéis alguna preferencia sobre qué cama ocupar? –preguntó–. Si no os importa, a mí me gustaría una cama que no recibiera el sol de la mañana. La luz me molesta una barbaridad.

En ese momento Lalo cerró los ojos, contrariado, al darse cuenta de que el comentario que acababa de hacer era inoportuno. ¿A quién se le ocurre hablar de la luz delante de un invidente? Se quedó callado sin saber qué decir.

Rodrigo sonrió y salió en su ayuda:

–No te preocupes, Gonzalo, estoy acostumbrado a estas cosas. De hecho, *yo no veo claro* qué cama elegir.

Todos sonrieron relajados y empezaron a hablar entre sí, manifestando sus preferencias.

–Si no os importa, prefiero que me llaméis Lalo. Porque cada vez que alguien me llama Gonzalo es que me he metido en algún lío.

Jaime hizo una petición de inmediato:

–A mí me gustaría dormir junto a la puerta, no soporto verme encajonado, necesito estar cerca de la salida. –Y señaló la cama que estaba justo a la entrada.

Lalo preguntó entonces si podía ocupar la cama central y nadie puso objeción.

Yamil habló por primera vez, poniéndose un poco colorado.

–Yo a veces me levanto por la noche y prefiero este sitio –indicó señalando la cama que estaba junto al baño–. Así no os molestaré.

Ya no hubo más posibilidades de elección porque Estrás condujo a su dueño a la cama que quedaba entre la de Lalo y la de Yamil y se sentó tranquilamente a los pies. Rodrigo se dejó llevar y depositó sus cosas sobre la colcha. Lalo observó sorprendido cómo el muchacho estudiaba con el tacto la distribución de los muebles; en poco más de cinco minutos era capaz de moverse por la habitación con soltura y de colocar en perfecto orden sus cosas en el armario que tenía asignado.

–Eres muy ordenado –indicó Enrique con su voz sosegada–, solo el armario de mi tía está tan colocado como el tuyo.

–Es que necesito saber exactamente dónde está todo –explicó Rodrigo–. Si las cosas no están en su sitio tengo que pedir ayuda para encontrarlas, y eso no me gusta nada. Quiero ser autónomo.

Lalo, que era bastante desordenado, pensó que debía disciplinarse para no dejar cosas tiradas, no fuera a ser que su nuevo compañero sufriera un percance por su culpa. Nunca había convivido con alguien que tuviera alguna discapacidad y le preocupaba no saber cómo comportarse.

Yamil empezó a sacar su ropa y dejó tirada una pequeña mochila en el suelo. De inmediato, Estrás se aproximó y, gruñendo, empujó el bulto hasta sus pies.

–Estrás es también bastante ordenado porque sabe que puedo tropezar con todo lo que haya en el suelo –justificó Rodrigo sonriendo.

–Lo siento mucho –se disculpó Yamil mientras acariciaba tímidamente el lomo de Estrás–, intentaré no volver a dejar nada que pueda ser un obstáculo.

Jaime sacaba sus cosas de la maleta en silencio y las tiraba de mala manera sobre la cama y al interior del armario, mientras refunfuñaba:

–No sé qué narices pinto yo en este sitio. Como me cabreen estos panolis de las túnicas, me largo y se acabó.

Todos se volvieron hacia él.

–¿Qué miráis, si se puede saber? –preguntó el chico con malos modos.

–¿Qué te ocurre? –se atrevió a preguntar Enrique con voz de extrañeza–. ¿Es que no te apetece pasar aquí el verano?

–¿Cómo va a apetecerme? ¡Esto es un castigo!

–¿Un castigo? ¡Pues cómo serán los premios en tu casa! –exclamó Rodrigo con asombro.

Lalo miraba a sus compañeros con los ojos desorbitados y, por fin, se decidió a intervenir:

–¡No entiendo nada! –Y señalando a Jaime continuó–: Tú estás aquí como un león enjaulado porque crees que esto es un castigo... –Luego se dirigió a Enrique–: Y tú estás más contento que unas pascuas porque piensas que este será el mejor verano de tu vida. ¿En qué quedamos?

Jaime y Enrique se miraron sin saber qué contestar porque, en realidad, aquello era muy extraño. Por fin, Enrique explicó:

–Hace años que escucho a mis tíos hablar de los veranos que pasaron aquí; dicen que fueron los mejores de toda su vida. Llevo mucho tiempo insistiendo para que me dejen venir y, por fin, este año han accedido. Parce ser que ya estoy preparado para aprovechar todas las cosas extraordinarias que pasan en este sitio.

–¿Y cuáles son esas cosas extraordinarias? –preguntó Yamil, mostrando una ingenua curiosidad.

Enrique, con una incontrolable pasión, habló de todo lo que había oído contar a sus tíos:

–Aquí se hacen amigos para toda la vida, se viven aventuras increíbles, se aprende de los preceptores, que son los hombres más sabios del mundo...

–Ya, ¿pero qué se hace? –interrumpió Jaime de forma tajante.

En realidad, Enrique no tenía respuesta para eso y bajó los ojos algo confuso. Entonces Rodrigo tomó la palabra:

–¿No os parece extraño que cada uno de nosotros tenga una idea tan diferente de lo que va a ocurrir este verano?

–¡Y tanto! –murmuró Lalo–. Por ejemplo, yo no tengo ni idea de lo que hago aquí; de hecho hasta hace una hora no sabía que este lugar existiese.

–Pues yo estoy aquí porque mis padres se han marchado de viaje y no he querido acompañarlos –afirmó Yamil–. Ellos cooperan con Almagesto desde que yo puedo recordar, y este año, que no serán preceptores aquí, me han permitido venir a pasar el verano.

–¿Son preceptores tus padres? –preguntó Lalo casi gritando por la sorpresa.

–Sí, a veces –respondió Yamil con tono seco.

–Cuéntanos cosas de este sitio, por favor.

–En realidad, no hay nada que contar –concluyó Yamil un poco inquieto por el interés que mostraba Lalo.

El chico se dio cuenta de que estaba incomodando a su compañero e hizo un quiebro para dirigirse a Rodrigo.

–¿Y tú?

–Pues estoy aquí porque mis padres opinan que es lo que necesito para ser independiente de verdad. Espero que sea cierto.

Jaime, que había estado revolviendo sus cosas sin mostrar mucho interés por la conversación, se dirigió a Lalo:

–Así que tú y yo somos los dos *pringadillos* que no sabemos lo que hacemos aquí, ¿no?

–Bueno, yo creía que venía a un colegio interno a estudiar todo el verano –afirmó Lalo encogiéndose de hombros–. Pero ahora no sé qué pensar.

El resto de los chicos se miraron bastante desconcertados. El verano tendría que proporcionarles muchas explicaciones. Todavía más de las que imaginaban en este momento.

# CAPITULO 3
## A primera vista

Los chicos iban de un lado a otro en silencio, guardando la ropa en los armarios, sacando sus objetos de aseo y colocándolos en el baño... De repente, Lalo dio la voz de alarma:

–¡Son las nueve menos dos minutos!

Rodrigo se dio una palmada en la pierna para llamar a Estrás; el animal se acercó a él mansamente y el chico lo sujetó con firmeza por el arnés. Los otros salieron en tromba del dormitorio, pero frenaron en seco y esperaron a su compañero en el descansillo.

Los cinco chavales bajaron las escaleras. Tenían un hambre feroz y hasta Estrás se mostraba más nervioso de lo habitual.

Llegaron al patio central y siguieron a la marea de muchachos que se dirigían a la torre Norte. Un rico olor llegó hasta ellos.

Yamil bromeó:

–Seguro que en este sitio solo comen verdura y eso que huele tan bien en realidad es coliflor o repollo.

Y Rodrigo replicó, tocándose la nariz:

–Creo que si fuera coliflor o repollo nos habríamos dado cuenta hace ya un buen rato.

El comedor se encontraba en la planta baja de la torre Norte. Era una sala ovalada de grandes dimensiones. Estaba bien iluminada y, en el centro, había una columna gigantesca, también ovalada, que parecía sostener la enorme estructura de la torre. Las mesas eran redondas y estaban cubiertas con manteles blancos; se situaban con precisión milimétrica en el perímetro de la sala. Los preceptores recibían a los jóvenes a la entrada y les indicaban dónde se encontraban las bandejas y por dónde se accedía a las góndolas del autoservicio.

Luis, el preceptor de Rodrigo, se acercó al chico en cuanto lo vio aparecer.

–Buenas noches. Vienes muy bien acompañado. Si necesitas algo, pídemelo.

–Gracias, Luis –respondió Rodrigo sonriendo–, mis compañeros de habitación me tratan muy bien.

–En aquella mesa, donde están las tres chicas, cabéis los cinco y... podéis hacer amigas –dijo Luis en tono de broma.

Se alejaron de él, colorados como tomates, y fueron a explorar las góndolas repletas de comida. Había todo tipo de verduras para ensalada. También arroz, pasta y judías verdes; se podía elegir carne o pescado como segundo plato y fruta o yogur de postre.

–¡Hay *cous-cous* con verduras! –exclamó Yamil entusiasmado–. Los musulmanes tenemos que cuidar lo que comemos, porque a nosotros nos está prohibido tomar alimentos procedentes del cerdo.

–Pues qué faena –replicó Jaime–, con lo ricos que están el chorizo y el jamón.

Sin más, los chicos se lanzaron sobre todos aquellos manjares. Enrique se quedó junto a Rodrigo para describirle los alimentos que había y él fue eligiendo su cena. Cuando sus bandejas estuvieron repletas, empezaron a buscar una mesa donde acomodarse.

–Gracias por tu ayuda, Enrique –dijo amablemente Rodrigo–. Creo que mañana me levantaré pronto y bajaré al comedor cuando no haya nadie. Así podré echar una ojeada y familiarizarme con el espacio y con los obstáculos.

–¿Conque "echar una ojeada", no? *Salta a la vista* que tienes un curioso sentido del humor.

Los dos se echaron a reír. Y luego Enrique continuó, ya más en serio:

–Aunque quieras ser completamente autónomo yo te puedo acompañar en tus primeras exploraciones.

–Gracias, tío, sé que puedo contar con tu ayuda –contestó, elevando su puño a la espera de que Enrique chocara el suyo, cosa que este hizo de inmediato.

A continuación miraron a su alrededor para elegir una mesa.

–¿Hacemos caso a Luis y nos sentamos con las chicas? –dijo Enrique entre risas.

–¡Claro! –respondió Rodrigo con mucha seguridad.

Se dirigieron hasta la mesa donde estaban las tres chicas.

–¿Podemos sentarnos aquí? –preguntó Enrique.

–Sí, claro –respondieron ellas tímidamente.

Los dos chicos tomaron asiento y Estrás se tumbó debajo de la silla de su amo.

–Es precioso tu perro –comentó una de ellas, menudita y sonriente.

–Y también es muy bueno, se llama Estrás –explicó Rodrigo orgulloso, y a continuación hizo las presentaciones–: Este es Enrique y yo soy Rodrigo.

La chica sonriente hizo lo propio:

–Ellas son Ana y Stefka, y yo me llamo Berta.

En ese momento llegaron los otros tres chavales haciendo el ganso:

–¿Ya habéis ligado? ¿Eh?

–No se os puede dejar solos.

–¿Podemos interrumpir?

Las chicas empezaron a reír con nerviosismo y Enrique se puso muy tenso.

Los recién llegados se presentaron armando bastante barullo, como si fueran jóvenes gallos de pelea y, acto seguido, todos empezaron a hablar de los temas que más les interesaban: por qué estaba allí y qué les esperaría en los meses siguientes.

Los preceptores tenían su propia mesa en el comedor y fueron los últimos en sentarse.

Enfrascados en la conversación, los ocho tomaron el primer y el segundo plato. En los postres, el Venerable Manuel reclamó su atención. Todos guardaron silencio y el hombre comenzó a hablar:

–Buenas noches a todos. El Consejo de Venerables y el grupo de preceptores os damos la bienvenida a Almagesto, nuestro centro de estudios sobre astronomía y matemáticas.

Se levantó un rumor en la sala. Aquello no aclaraba demasiado qué era aquel lugar.

–No tengáis miedo –les tranquilizó Manuel sonriendo–. La astronomía y las matemáticas tienen más de aventura y de misterio que cualquier juego en el que hayáis participado. Aunque os parezca mentira, a muchos de nosotros nos han ayudado a crecer y ahora vosotros tenéis la oportunidad de vivirlo también.

El murmullo se detuvo. La mayoría de los jóvenes allí reunidos no veían ninguna conexión entre "matemáticas" y "aventura".

–Como os decía –continuó el venerable–, este lugar lleva el nombre de Almagesto en recuerdo del gran tratado de Astronomía que escribió un astrónomo egipcio, llamado Claudio Ptlomeo, en el siglo II antes de Cristo. Todo aquí, igual que en el resto de los ámbitos de la vida, gira en torno a los números y a los astros. Hasta los edificios que forman nuestro centro de estudios guardan entre sí relaciones geométricas, como tangencias, simetrías... Os invito a visitar la biblioteca, donde se encuentran los planos de este original complejo, y a que comprobéis lo que os estoy contando.

La atención de los chicos iba en aumento. Era la primera vez que iban a tener información de primera mano sobre su estancia en Almagesto.

–Ahora os voy a indicar algunas de las normas por las que nos regimos aquí –continuó diciendo con la misma voz pausada y la misma sonrisa–. A las once todos debéis estar ya en vuestras habitaciones porque a las once y media se apagan las luces y, a partir de entonces, nadie debe andar por los pasillos.

Mañana os levantaréis a las siete en punto y, después del desayuno, os explicaremos cómo se organizan las actividades que vais a realizar.

A Lalo le cambió la cara cuando volvió a escuchar la hora de ponerse en pie. Pero no parecía ser el único, porque un murmullo de protesta rompió el silencio de la colosal estancia.

–Si antes tenía dudas –susurró Jaime–, ahora estoy seguro: no voy a aguantar mucho aquí dentro.

El Venerable Manuel retomó su discurso y captó al instante la atención de todo el auditorio.

–Esta noche, después de cenar y hasta el momento de subir a las habitaciones tenéis tiempo libre para leer, charlar, conoceros o explorar los alrededores sin alejaros demasiado. También podéis buscar un rincón tranquilo desde el que mirar las estrellas, seguro que nunca habéis visto tantas a simple vista. Nos encontramos en uno de los lugares mejor situados para observar el firmamento. Además, la luna negra que tenemos hoy y el cielo despejado del que disfrutamos, permiten ver las estrellas con una nitidez sorprendente. Espero que disfrutéis de vuestra estancia en Almagesto. Bienvenidos.

Cuando acabó la intervención del Venerable Manuel, Rodrigo preguntó con algo de sarcasmo:

–¿Qué, amigos, vamos a observar los cuerpos celestes? Estamos en el paraíso de los mirones de estrellas, el sitio más adecuado para que un ciego disfrute como loco.

Todos lo miraron sin saber qué decir. Lalo hizo una propuesta que rompió la tensión del momento:

–¿Queréis que exploremos los alrededores?

–Es una idea estupenda –dijo Rodrigo abandonando su tono irónico–, el pobre Estrás tiene que salir. –Luego se dirigió a las chicas–: ¿Os apetece venir con nosotros?

Ellas aceptaron y los ocho salieron a buen paso.

Atravesaron la torre Ocaso y recorrieron el puente hasta llegar a la gran explanada donde se habían despedido de sus familias aquella misma tarde.

Lalo recordó la marcha de su madre, que se alejaba de él con aquel gesto tan triste. La sombra oscura de Estrás, que corría como loco, lo sacó de sus pensamientos. Rodrigo lo había soltado para que galopara a sus anchas por aquel prado en el que no había peligro alguno.

La noche era fresca. Ahora caminaban despacio, porque estaba muy oscuro. Rodrigo tanteaba el terreno con su bastón y parecía seguro en aquella negrura. Empezaron a comentar el pequeño discurso de bienvenida de Manuel.

–No sé si seguir pensando que esto es un premio –dijo Enrique dubitativo.

–Pues a mí me parece un fastidio y un modo de ponernos a estudiar sin que lo parezca –farfulló Jaime.

–A mí tampoco me apetece nada el rollo este de sabios medievales en el que parece que nos quieren meter –dijo Stefka en voz baja, con un sonoro acento de Europa Oriental–. Si hubiera querido vivir una aventura escalofriante, habría pasado el verano en los Cárpatos, en el castillo de Drácula.

–¿Existe de verdad el castillo de Drácula? –preguntó Yamil casi a gritos.

–Sí, claro que existe. El autor de la novela Drácula se inspiró en la historia de un príncipe rumano muy cruel llamado Vlad y cuyo sobrenombre era "El Empalador", ya podéis imaginar por qué... En los Cárpatos se encuentra su siniestro castillo, una auténtica joya de la arquitectura, pero con una historia atroz.

Cuando Stefka terminó su espeluznante relato, todos se pararon a tomar aire. Berta, que estaba encogida, comentó:

–¡Una historia perfecta para un lugar como este!

Jaime la miró sonriendo sin decir nada. Luego se volvió hacia el edificio de Almagesto y lo vio recortándose con sus luces en la negrura de la noche. Se preguntó si en aquel sorprendente lugar habría vivido algún príncipe Vlad. Entonces comentó, como pensando para sí mismo:

–Para ser un edificio tan grande, tiene una iluminación muy pobre.

–Sí que es cierto –corroboró Berta–. Fijaos, por ejemplo, en esa especie de linterna que brilla en lo alto de aquella torre. ¡Vaya porquería de luz! –Y señaló la torre Norte, en cuya parte más alta temblaba débilmente una luz.

–Es extraño –comentó Rodrigo–. Mi padre, cuando habla de este sitio, siempre dice que el resplandor de la luz que irradia se puede ver a varios kilómetros de distancia.

–Quizás haya alguna avería –razonó Stefka, sin dar más importancia al asunto.

–¿Queréis que vayamos hacia la biblioteca? –preguntó Rodrigo, cambiando radicalmente de tema–. Podríamos cotillear un poco los libros y el famoso plano de los edificios. Además, quiero saber si hay algún ejemplar en braille o documentación para "tocar", como en los museos tiflológicos.

–Así que eres un empollón, ¿no? –preguntó Ana con cierto tono de reproche.

Rodrigo, con su desconcertante aplomo, respondió:

–Yo sí, ¿y tú?

Ana cambio de color varias veces hasta que pudo responder con una tímida sonrisa:

–Yo también.

–Y por eso te han premiado con un veranito especial, ¿eh? –preguntó Jaime con su habitual sorna.

Todos rieron mientras daban la vuelta y se dirigían de nuevo al edificio.

–Son las diez y veinte –apremió Ana, mostrando ya sin temor su interés por visitar la biblioteca–, tenemos solo cuarenta minutos antes de subir a los dormitorios. –Y empezó a caminar a paso rápido.

Lalo permanecía silencioso, participando solo a medias de las bromas, porque no podía dejar de pensar qué sentido tenía que estuvieran allí todos aquellos chicos con expectativas tan distintas.

Cruzaban el puente cuando encontraron a Luis.

–Buenas noches –saludó el venerable–, veo que ya habéis formado un grupillo. Me alegro.

–Buenas noches –contestaron todos.

–¿Dónde está la biblioteca? –preguntó Rodrigo–. Queremos echar un vistazo a los planos de Almagesto.

Luis miró sonriente a su discípulo y les indicó la torre que se encontraba a la derecha de la de sus habitaciones.

-Allí, en la torre Sudeste.

Cuando ya se alejaban a toda prisa, Luis bromeó:

–No queráis descubrir esta noche todos los enigmas que se guardan aquí. Recordad que en poco más de media hora tenéis que estar en los dormitorios.

–Sí, sí, muchas gracias. Hasta mañana –dijeron a coro sin detenerse.

Llegaron por fin a la entrada de la biblioteca. La parte superior de la puerta era un arco sobre el que, por supuesto, se encontraba el símbolo de Almagesto. Los gruesos cuarterones de madera oscura estaban decorados con sencillas formas geométricas en relieve. Aunque tenía aspecto de ser muy pesada, cuando Enrique accionó el picaporte, la puerta se abrió con facilidad, sin un solo chirrido. El chico entró y Rodrigo lo siguió despacio, sujetando a Estrás con la mano izquierda mientras palpaba suavemente los relieves de la puerta con la derecha.

La biblioteca estaba vacía y la iluminación era escasa. La estancia era ovalada. Una rampa de forma helicoidal recorría el perímetro de la sala de lectura, se elevaba hacia la cúpula y servía de acceso a las estanterías en las que se encontraban los libros, desde el nivel más bajo, donde estaban los chicos, hasta el nivel más alto. Grandes ventanales jalonaban los muros por encima de las estanterías y una claraboya, que coronaba la torre, permitía contemplar el firmamento.

En el centro de la planta había una mesa que hacía las veces de vitrina y, adornando el suelo bajo ella, el símbolo de Almagesto: la extraña estrella de cinco puntas con pequeñas elipses en los vértices.

Entraron tímidamente, casi con veneración, como si accedieran a un templo. Mientras sus compañeros se entretenían en mirar los títulos de los libros que estaban en las estanterías más próximas, Rodrigo abría las aletas de su nariz para inspirar aquel olor a pergamino, papel y cuero tan característico de las bibliotecas antiguas. Luego se dirigió a la rampa y empezó a ascender, acariciando distraídamente el lomo de los libros a su paso. Se llevó una grata sorpresa al descubrir uno con texto en braille: *Tarzán de*

*los monos*, de Edgar Rice Burroughs. "Mañana preguntaré a Luis si puedo tomarlo prestado", se dijo.

Lalo deambuló unos instantes sin rumbo y, por fin, se dirigió a la mesa central.

—Chicos, aquí están los famosos planos. —Luego, dudó un momento y habló como para sí mismo—: Pero es muy extraño que...

—¡Hay que darse prisa! ¡Son las once menos cinco! —interrumpió preocupada Berta.

Salieron atropelladamente. En esta ocasión Rodrigo se quedó el último, con Lalo, para bajar las escaleras.

—¿Qué es lo que te ha parecido tan extraño? —preguntó el chico ciego.

—¿Me has oído?

—Claro, tengo muy buen oído... a falta de otras cosas... —frivolizó Rodrigo.

Lalo sonrió de oreja a oreja y explicó sin mucha claridad:

—Estos planos no se corresponden con la estructura de los edificios, según la recuerdo a mi llegada.

—¿Y solo con ver una vez la construcción y los planos eres capaz de llegar a esa conclusión? ¡Impresionante!

—Es que es bastante evidente. Tengo buena memoria, observo mucho y me acuerdo de las cosas, casi sin querer.

—Volviendo al tema de los planos —argumentó Rodrigo—, probablemente el arquitecto que proyectó el edificio diseñó elementos que finalmente no se realizaron. Antiguamente, del diseño original al resultado de la construcción había grandes diferencias. Es muy habitual en arquitectura, por lo que he leído.

–Es posible que sea eso... –concluyó Lalo sin demasiada convicción.

Antes de darse cuenta habían llegado al edificio de los dormitorios. Allí no había ni un alma.

Se despidieron atropelladamente de las chicas en la primera planta, porque apenas les quedaba un minuto para llegar a su habitación.

Entraron en su cuarto y, casi al instante, se oyó una campana que daba las once pausadamente.

–Esa debe ser la señal para que nos vayamos a dormir –aventuró Enrique mirando hacia una de las altas ventanas.

Antes de meterse en la cama, Rodrigo se acercó a Lalo con aire de misterio.

–Veo que te has quedado "encasquillado" con lo de los planos. Si quieres, mañana, cuando tengamos un momento libre, te acompaño a la biblioteca y comprobamos si de verdad hay algo extraño en ellos. Has despertado mi curiosidad.

A las once y media en punto se apagaron las luces.

# CAPITULO 4
## Al abrir los ojos

Aquella noche los chicos durmieron de un tirón. Estaban muy cansados a causa de la tensión del primer día en Almagesto.

Las campanadas los despertaron a las siete en punto. Tal y como había dicho Manuel, el sol aún no entraba por ninguna de las ventanas del dormitorio. Solo una claridad grisácea iluminaba la estancia.

Se fueron espabilando poco a poco. Estaban algo desorientados y miraban extrañados a su alrededor. Casi al momento, escucharon una voz por megafonía que les recordó dónde estaban:

–Buenos días a todos. Hace un tiempo estupendo y es hora de hacer un poco de deporte. Poneos ropa cómoda y zapatillas y bajad dentro de diez minutos a la explanada exterior, la que está frente a la torre Ocaso. Dejad las ventanas abiertas para que se ventilen las habitaciones; más tarde, haréis las camas.

Rodrigo comenzó la mañana con uno de sus desenfadados comentarios:

–¿Queréis verme correr dando tumbos por un prado lleno de baches? Pues ya os queda menos.

–No creo que sea ese tipo de deporte –comentó Yamil–. A este sitio le pega más el tai-chi, o el yoga o algo así.

–Fascinante... –refunfuñó Lalo.

Bajaron por las escaleras apoyándose unos en otros y se dirigieron al lugar que les habían indicado. Coincidieron con más chicos y chicas que iban saliendo de los dormitorios.

Llegaron a la explanada, donde ya estaban los preceptores, y algunos chicos formaban filas para recoger las colchonetas que les entregaban. Cuando cada uno tuvo la suya se fueron colocando a cierta distancia unos de otros. ¡Había tanto espacio! Rodrigo soltó a Estrás y Lalo echó un vistazo a su alrededor: sus nuevas amigas también habían llegado y le hicieron una seña como saludo. Sonrió a modo de respuesta y calculó que debía haber unos cincuenta chavales en total.

El deporte de la mañana consistió en un buen número de ejercicios de estiramiento, respiración y relajación que eran, aparentemente, suaves y pausados. Aunque Lalo se consideraba buen deportista, notaba cómo sus músculos se resentían al estirarlos de esa forma tan poco habitual.

Manuel dirigía los ejercicios e insistía, con voz pausada, en la importancia de la respiración:

–Inspirad profundamente, llenad vuestro abdomen de aire, no respiréis superficialmente... Es necesario acompasar el ritmo de la respiración y el del movimiento...

El último ejercicio consistió en una relajación profunda que los chicos hicieron tumbados sobre la hierba.

Al terminar, Manuel explicó:

–Ahora debéis levantaros lentamente, sin prisa. Tenéis que subir a vuestras habitaciones para ducharos y hacer las camas. En media hora, es decir, a las ocho y media, se servirá el desayuno y, después, haremos el plan del día.

Jaime salió como una exhalación y Yamil hizo un comentario algo malintencionado:

–Nuestro amigo, el solidario, no quiere que nadie se le adelante a la hora de ducharse.

Lalo miró al chico que corría hacia la torre de las habitaciones y no supo qué contestar. Aunque era cierto que Jaime tenía un carácter algo peculiar, él mismo se veía reflejado en algunos de sus comportamientos y estaba seguro de que no era tan egoísta como a primera vista podía parecer.

Su intuición sobre Jaime se confirmó en cuanto llegó a la habitación.

–Estoy recogiendo mis cosas –explicó él, como disculpándose–, con las prisas lo había dejado todo tirado y no quiero hacer enfadar a Estrás.

Lalo se volvió hacia Yamil y lo miró con cierto tono de reproche; él bajó la mirada, un poco avergonzado por haber emitido tan a la ligera un juicio sobre su compañero de habitación.

–¿Quién se ducha primero? –preguntó Rodrigo.

–Empieza tú –dijo Jaime simulando un tono autoritario–, por preguntar.

En veinticinco minutos estaban todos preparados para bajar y la habitación se mostraba perfectamente ordenada.

–Mi madre nunca creería que yo he dormido aquí –comentó Lalo riéndose, con cierto tono de orgullo.

Entre los demás se levantó un murmullo de asentimiento: la presencia de Rodrigo había conseguido, en unas horas, más que todas las regañinas domésticas en un montón de años.

Bajaron a toda velocidad siguiendo el rastro oloroso del pan tostado, del café y del chocolate. Cuando ya llegaban al comedor, el Venerable Luis les salió al paso.

–Hola, Rodrigo. Hemos puesto la comida de Estrás en los soportales que están a la entrada del comedor. ¿Crees que estarás bien sin él durante el desayuno?

–Claro, Luis, ellos me ayudarán –afirmó señalando al resto del grupo.

Como siempre, Enrique se ofreció para acompañarlo y entraron al comedor sin más.

Había frutas, tomates, jamón, queso y muchos tipos de pan.

Todos se sirvieron abundantemente y se dirigieron a la misma mesa de la noche anterior, en la que ya estaban sentadas las chicas.

–Este sí es un buen desayuno –afirmó Yamil mientras comía con evidente apetito–. Yo, en mi casa, solo tomo un vaso de leche, y mírame aquí: zumo, fresas, plátano, pan tostado con tomate, chocolate...

–Yo tampoco desayuno casi, no me cabe nada cuando me levanto; pero ahora... –dijo Ana.

–Os hará falta tener fuerza, porque el día no ha hecho más que empezar –afirmó Jaime con un evidente descontento–. Nos están cebando para lo que se avecina...

Como ya se estaban acostumbrando a los comentarios algo agrios de su compañero, todos lo miraron sin contestar y siguieron comiendo.

–¿Qué creéis que haremos ahora? –preguntó Stefka, como incorporándose a la realidad desde otra dimensión.

–Pues no creo que sea mirar las estrellas –bromeó Rodrigo.

El Venerable Manuel se levantó y sacó de dudas a los muchachos de inmediato.

–Son las nueve y es hora de empezar a organizarnos. Primero, voy a enumerar las disciplinas que abordaremos durante este verano: Geometría del misterio, Aritmética no evidente, Cálculo de lo oculto, Álgebra de lo recóndito, Resolución de enigmas encadenados y Lecturas guiadas e interpretación de mapas. También daremos algunas clases de criptología que os proporcionarán nociones básicas sobre este tema.

A medida que escuchaban, los chicos iban abriendo más y más sus bocas en gestos cómicos de gran asombro. ¿Geometría del misterio? ¿Aritmética no evidente...? ¿Pero qué clase de nombres eran esos para unas asignaturas relacionadas con las matemáticas? Hasta Jaime se había quedado mudo. El resto de los chicos que estaban en el comedor no se mostraban menos sorprendidos.

Sin embargo, Manuel continuó, sin darse cuenta, aparentemente, del efecto que sus palabras tenían en el joven auditorio.

–Cada uno tendrá que pasar por todas las clases –continuó el venerable–, pero lo haréis por turnos para que los grupos sean reducidos y tengáis oportunidad de participar activamente.

Los chicos se miraban desconcertados, pero Manuel continuaba hablando como si no se diera cuenta de ello.

–El horario de clases será de nueve y cuarto a doce y media, con un descanso de un cuarto de hora. Antes de comer tendréis tiempo libre para daros un baño en el lago o realizar las actividades que más os apetezcan. La comida se servirá a las dos y, de dos y media a cuatro, habrá descanso; a continuación una hora de lectura guiada, un corto baño en el lago y, por la tarde, talleres hasta la hora de la cena.

Lalo solo podía pensar en el trabajo que le costaba cumplir los horarios mientras la voz de Manuel se oía con aquel ritmo pausado e infatigable:

–Los talleres que se han programado son: biblioteconomía, cocina, huerto, restauración, pintura, cerámica y mantenimiento del edificio. Cada tarde asistiréis a los talleres que queráis. No es obligatorio que paséis por todos, pero sí que en todos los talleres haya un grupo con un número equilibrado de miembros. Así que, tendréis que organizaros. Y para terminar, por las noches, cuando el cielo esté despejado, se formarán grupos para observar las constelaciones. Es voluntario y aquellos que lo deseen pueden apuntarse en el tablón de anuncios que hay a la entrada de la torre Alba, donde se encuentra el observatorio. Debo decir que este año tenemos mucha suerte, porque el día 10 de agosto podremos ver las Perseidas y el 30 de agosto habrá eclipse de luna.

Manuel hizo una breve pausa que indicaba que estaba finalizando su explicación.

–Ahora debéis ir hacia las aulas, que se encuentran en esta misma torre, en los pisos primero, segundo y tercero. En todos los rellanos hay copias de las listas con los nombres de los integrantes de los grupos y los horarios de clases. Fijaos bien porque no en todas las clases estaréis con los mismos compañeros. Que tengáis un buen día.

El grupo de chicos y chicas que se había formado la noche anterior subía las escaleras comentando las últimas informaciones.

Jaime, Ana y Enrique comprobaron en la lista del primer rellano que estaban asignados a la clase de Cálculo de lo oculto, en el aula doce de la primera planta. Así que se despidieron de los otros y entraron en la sala.

–¿Adónde debo ir yo? –preguntó Rodrigo.

–Estamos juntos en la tercera planta, aula treinta y seis, en la clase de Geometría del misterio –aclaró Lalo.

–¡Espero que no nos mareen mucho cambiándonos continuamente de grupos! –exclamó Yamil en voz alta mientras comprobaba qué clase le había correspondido–. Yo voy a la segunda planta.

–Yo también –afirmó Berta, mientras enfilaba el siguiente tramo de escaleras–. Podríamos proponer que nos dejen estar juntos.

–No creo que lo permitan, porque nos mezclan precisamente para que conozcamos a más gente, para que nos abramos a otras amistades, para que nos socialicemos... –sentenció Lalo con sorna.

En la segunda planta, Berta, con otros chicos y chicas que no conocía, tenía clase de Enigmas encadenados en el aula veinticuatro; y Stefka y Yamil en la veintitrés, donde asistirían a Aritmética no evidente.

Al llegar al tercer piso, Lalo se fijó en que las escaleras que accedían a las plantas superiores estaban clausuradas con una cadena que impedía el paso, y lo comentó con Rodrigo.

–Me extraña mucho que haya zonas prohibidas –opinó el chico-. Según mis padres, aquí no hay ni un solo lugar al que no se pueda pasar.

Entraron al aula y, poco después, llegaba la Venerable Sara, la preceptora de Yamil, que les iba a dar clase de Geometría del misterio.

Dedicaron gran parte de la clase a presentar los conceptos básicos de la asignatura, como la simbología de las figuras geométricas, que resultó ser de lo más interesante.

A las once menos cuarto, que era la hora del descanso, los rellanos de las escaleras se llenaron de chicos y chicas que charlaban en voz alta y se preguntaban unos a otros en qué consistía la asignatura que les había tocado. El tiempo había pasado volando. Nunca hubieran pensado que las matemáticas pudieran captar su atención hasta ese punto. Incluso Jaime se mostraba algo así como emocionado.

–A ver cuándo tenemos tiempo de acercarnos a la biblioteca para echar un vistazo a los planos –recordó Rodrigo a Lalo en un murmullo.

–Si quieres, podemos ir al final de la mañana.

El cuarto de hora de descanso pasó en un santiamén y los chicos volvieron a las clases.

A las doce y media la mayoría de los estudiantes parecían ansiosos por ir a bañarse al lago y salieron como flechas a ponerse los bañadores. Lalo y Rodrigo, sin embargo, se dirigieron a la biblioteca. La luz cenital inundaba de brillos la sala desierta. Los dos chicos corrieron hacia la mesa sobre la que estaba la vitrina que contenía los planos. Lalo observó durante un rato, en silencio. Rodrigo empezó a impacientarse y pidió:

–Pero di algo, no sé..., descríbeme los planos. A lo mejor puedo ayudarte, hay quien piensa que soy un tipo bastante listo... –añadió mientras levantaba las cejas.

–Lo siento –se disculpó Lalo–, es que no puedo despegar los ojos de estos pergaminos.

–Pues piensa en voz alta para que yo pueda ver lo que tú ves.

–¿Alguien te ha contado cómo es este extraño lugar? –dijo Lalo.

–Sí, claro. Mi padre me lo ha descrito mil veces. Hasta me hizo dibujos en relieve con cordones para que supiera cómo era cada uno de los detalles.

–Estupendo, porque así será más fácil.

Y Lalo comenzó la descripción:

–En el pergamino se ve la planta del edificio. Aparecen las cinco elipses que son las plantas de las torres y las líneas que representan los muros curvos que van de una torre a otra, y luego... otros elementos rarísimos.

–¿Cuáles son esos elementos? –se interesó Rodrigo.

–Pues hay una línea tangente a cada elipse por un extremo del eje menor. Esas líneas, a su vez, desembocan en otras que unen las  elipses y que forman un gran pentágono que inscribe en su interior la planta de Almagesto.

Rodrigo entonces recapituló:

–El símbolo de este lugar es una interpretación del polígono estrellado del pentágono. La planta del conjunto de las cinco torres es también un pentágono, y las líneas que lo circunscriben, en ese plano, son los lados de un pentágono. Lalo miró a Rodrigo con ojos como platos y se lanzó a abrazarlo.

–¡Eres un fiera, tío! –exclamó–. ¿Cómo es posible que entiendas con esa facilidad las imágenes que te describo?

–Porque lo explicas fenomenal –bromeó el otro.

Rodrigo sonreía divertido mientras Lalo lo vapuleaba. Estrás se estaba poniendo un poco nervioso y comenzó a gruñir, con la intención de proteger a su amo de las sacudidas. El chico lo acarició para tranquilizarlo.

Las campanadas que anunciaban la hora de la comida los devolvieron a la realidad y, sin perder un instante, abandonaron la biblioteca.

Iban absortos en la conversación. Rodrigo preguntaba incesantemente a su amigo por todos los detalles, y cada pregunta que respondía servía a Lalo para ir aclarando sus propias ideas. Pero aún no entendía qué relación había entre la imagen de los planos y el aspecto real de Almagesto.

Al llegar a la puerta del comedor, de improviso, Lalo lanzó un alarido:

–¡Rodrigo, ya creo que entiendo qué representan esos planos!

# CAPITULO 5
## Se acerca la oscuridad

Al escuchar el grito de Lalo, el comedor en pleno se volvió a mirarlo como intentando saber qué sería aquello que había alterado al muchacho hasta el punto de hacerle soltar semejante alarido.

Los dos amigos se quedaron petrificados y en la cara de Lalo se dibujó una sonrisa bobalicona.

–Son corredores –susurró Lalo con los dientes apretados y sin apenas mover los labios.

–¿Quiénes son los corredores? –quiso saber Rodrigo–. Debemos parecer dos tontos aquí plantados. Nos mira todo el mundo, ¿verdad?

Enrique se acercó a ellos.

–Si lo que os gusta es ser el centro de todas las miradas, lo habéis conseguido –bromeó–. Vamos a comer. ¿Te ayudo, Rodrigo?

–Sí, gracias.

Los tres caminaron hacia el autoservicio. Rodrigo se moría de ganas de preguntar a Lalo acerca de su descubrimiento, pero se contuvo porque no sabía si él querría compartir sus inquietudes con los demás.

–¿Dónde os habéis metido? –preguntó Berta.

–Hemos estado en la biblioteca –explicó Lalo. Luego, con aire misterioso y bajando el tono de voz, continuó–: Había algo en los planos del edificio que no encajaba; ahora creo que ya entiendo de qué se trata.

Todos se inclinaron hacia delante, expectantes, para no perder detalle de la explicación de Lalo:

–En el plano se ven las cinco torres que forman el edificio y los muros curvos que las unen. Lo extraño, lo que me llamó la atención la primera vez que los vi, era que en el pergamino de la biblioteca hay otras líneas, completamente rectas, que no corresponden a ninguna construcción que sea visible desde el exterior. No sé, he pensado que podría tratarse de corredores o pasillos, por ejemplo. Pero, por lo que hemos visto hasta ahora, no hay ningún pasadizo entre las torres. ¿O sí?

Se hizo un gran silencio.

–Puede que las cinco torres estuvieran unidas en otro tiempo de forma diferente, y después de alguna reforma, los muros rectos originarios desaparecieron –afirmó Ana.

–¡Qué bien explica las cosas mi amiga! –exclamó Berta, palmoteando.

Los demás se volvieron hacia ella con gestos de sorpresa y la chica se puso colorada como una amapola, sintiendo que su comentario había roto la magia de aquel momento tan emocionante.

–Lo siento –se disculpó con un hilito de voz.

Lalo sacudió la cabeza, como intentando colocar de nuevo las ideas en su sitio, y continuó su explicación:

–No creo que sea posible lo que dices, Ana, porque en este lugar todo responde a una estética y a un diseño muy característicos: las líneas curvas, las formas orgánicas, las relaciones geométricas entre todos los elementos... No creo que lo que ahora vemos sea muy diferente de lo que proyectó el creador de Almagesto. Os voy a poner un ejemplo: ¿recordáis el símbolo que llevan los preceptores en sus túnicas?

–Sí, claro, esa especie de estrella pentagonal tan deforme, ¿no? –se apresuró a decir Stefka.

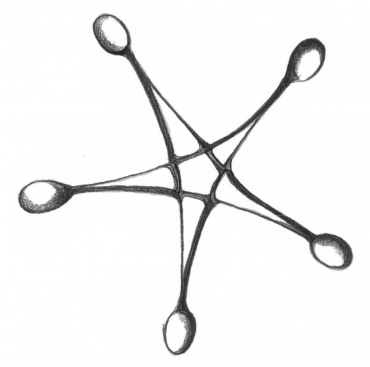

–Pentalipse, se llama –puntualizó Rodrigo.

–Vaya nombre –comentó Jaime con su sorna habitual.

Lalo sonrió al darse cuenta de que todos los chicos y chicas del grupo tenían capacidades especiales, aunque probablemente no fueran aún conscientes de ello.

–¿A que ahora vais a decir que ese símbolo tiene algo que ver con los planos del edificio? –intervino Berta.

–Pues me parece que sí –afirmó Lalo–. Creo que el símbolo es una representación simplificada de la planta del edificio y por eso se puede ver por todo Almagesto. Además, hoy en la clase de Geometría del misterio, Sara nos ha contado que las figuras geométricas tienen diferentes significados y, particularmente, que el pentagrama o estrella de cinco puntas tiene una historia muy curiosa. Sara ha comentado que cuando esta figura aparece inscrita en un círculo recibe el nombre de pentáculo y hay quien considera que funciona como amuleto o talismán. Se habla de él en los tratados de Geometría sagrada y Pitágoras afirmaba que era símbolo de buena suerte.

–O sea, que veis relaciones geométricas por todas partes –resumió Jaime en tono burlón–. Y hasta es posible que queráis investigar esas relaciones. ¿O me equivoco?

Rodrigo se volvió hacia Jaime sonriendo y comentó:

–Sara dice que las cinco puntas de la estrella representan al ser humano en su conjunto. La punta superior es el espíritu, luego están los cuatro elementos que nos vinculan a nuestro entorno: la tierra, el aire, el fuego y el agua.

–¡Es fascinante! –exclamó Ana de pronto–. Tenemos que averiguar más cosas sobre este sitio.

–Pues nada, *Los cinco juntos otra vez* –comentó Jaime, rompiendo de nuevo la magia con su ironía.

–¿Cómo que "los cinco", si somos ocho? –corrigió Berta algo molesta, ya que interpretaba que Jaime, con su comentario, estaba dejando a las chicas al margen.

Y él, un poco aturdido por la reacción de Berta y porque no le gustaba reconocer que sentía debilidad por la lectura, preguntó:

–¿Es que nunca habéis leído libros de *Los cinco*?

Se miraron unos a otros sin saber qué responder y el chico continuó:

–Pues son libros de una autora americana que forman una de las colecciones de literatura infantil más famosas de la época de mis padres. Los protagonistas son cuatro chavales y un perro que se dedican a investigar misterios. Yo los leí de pequeño y me gustaron mogollón. Aunque debo reconocer que tienen un tufillo algo rancio –concluyó con una media sonrisa.

Como todos lo miraban con caras de no entender nada, Jaime agitó la mano con un gesto de aburrimiento y se arrellanó en su silla para demostrar desinterés. Berta lo miró de reojo y sonrió. Le resultaba tranquilizador haberse equivocado con Jaime.

–¿Qué os parece si nos apuntamos esta tarde al taller de biblioteconomía? –propuso Yamil–. A lo mejor Lalo está en lo cierto y hay un montón de relaciones ocultas que podemos descubrir. Recordad que Manuel nos animó a echar una mirada a esos planos y Luis, al saber que nos dirigíamos a la biblioteca, nos dijo que no descubriéramos todos los misterios del edificio tan pronto.

–Tienes razón –afirmó Rodrigo, impresionado por las coincidencias que se estaban revelando durante la comida–, eso fue lo que dijo Luis. Puede ser divertido.

A todos les pareció bien y, después de llevar las bandejas al carro de recogida, salieron para ir a inscribirse en la lista de la biblioteca. Jaime los siguió, fingiendo fastidio.

En el tablón de anuncios del vestíbulo encontraron las hojas donde debían apuntarse a los talleres. La lista de biblioteconomía estaba en blanco y Stefka se ocupó de escribir los nombres de los ocho.

–Hemos llenado el taller nosotros solitos –afirmó–. A ver qué encontramos.

–Tengo que soltar a Estrás para que corra un rato –dijo Rodrigo.

–Te acompaño –se ofreció Enrique.

–Y yo también –añadió Berta uniéndose a ellos.

Los demás se desperdigaron en busca de una cama, una hamaca o un sofá donde depositar la galbana de la hora de la siesta.

A las cuatro todos fueron hacia el comedor. Allí les darían indicaciones sobre la actividad de lectura guiada que se desarrollaría todas las tardes a esa misma hora.

Fue solamente una toma de contacto. El Venerable Luis explicó en qué iba a consistir la actividad:

–Se formarán diez grupos de cinco miembros. Cada semana se asignará un texto a cada equipo que todos los miembros deben leer. El viernes, cada grupo se reunirá con un preceptor y se comentará la lectura. Se trata de textos algo más complejos que los que acostumbráis a leer, por eso son breves. En definitiva, intentaréis extraer todo el "jugo" al texto que os haya correspondido, porque todos los que hemos seleccionado son muy profundos.

A continuación, Luis formó los grupos. Rodrigo no coincidió en el suyo con ninguno de los chicos que conocía, al igual que les ocurrió a Yamil y a Jaime. Berta y Stefka coincidieron en el mismo y Enrique, Ana y Lalo en el suyo.

Acabó la hora de la lectura guiada. Cada chico salió con unas hojas en la mano que contenían los textos que les habían correspondido.

Ana, Enrique y Lalo llegaron al patio en primer lugar y decidieron esperar a los demás, a la sombra, bien protegidos del sol abrasador.

Los demás llegaron uno a uno, arrastrando los pies con desgana.

–¿Vamos a bañarnos? –propuso Berta.

La siguieron como autómatas. Estaban asfixiados de calor.


A la hora de comienzo de los talleres, todos se dirigieron a la torre Sureste. En la puerta de la biblioteca, que estaba abierta, se encontraron con tres chicas y un chico que también se habían apuntado.

El encargado del taller era Luis, el preceptor de Rodrigo, que sonrió al verlos llegar.

–¡Cómo os habéis aficionado a la biblioteca! Me parece fantástico. Vamos a empezar.

Había varias sillas dispuestas en el centro de la sala, cerca de la mesa de cristal que guardaba los planos de Almagesto. Tomaron asiento y Lalo se las apañó para situarse en un lugar que le permitiera echar un vistazo de vez en cuando al pergamino.

Luis explicó que, desde la noche de los tiempos, los bibliotecarios habían sido considerados una especie de sabios cuyo trabajo consistía en catalogar y organizar los libros y facilitar la búsqueda de información a los lectores. Concluyó diciendo que, en la actualidad, los ordenadores contribuyen a que esta labor sea más ágil. En cualquier caso, un bibliotecario es alguien que sabe de libros más que nadie y recomienda a cada lector los más adecuados. Habló también de la gran cantidad de volúmenes que albergaba la biblioteca y de la existencia de un buen número de ellos escritos en braille.

–¿Eres tú el bibliotecario de Almagesto? –quiso saber Jaime.

–Sí, cuando estoy aquí, yo soy el bibliotecario.

–¿Qué quiere decir "cuando estás aquí"? –se interesó Berta–. ¿Es que no vives aquí siempre?

–No, ninguno de nosotros vive aquí permanentemente. Somos unos cuantos preceptores que tenemos trabajos y familias... y dedicamos una parte de nuestro tiempo a estudiar y a tutelar jóvenes que aún no han encontrado su camino. Cada uno viene aquí cuando puede o cuando necesita un poco de sosiego.

–¡Vaya! –se sorprendió Jaime–, yo pensé que erais una especie de monjes o algo así.

–Todos nosotros tenemos una vida de lo más normal –apuntó Luis mientras guiñaba un ojo.

–¿Tú qué eres en la vida real? –preguntó Lalo con interés.

Luis sonrió ante la expresión "vida real" y respondió:

–¿Qué pasa, Lalo, te parece que Almagesto no es real?

El chico se encogió de hombros y el preceptor explicó:

–Pues soy pastelero. Los pasteles que hago son famosos en toda mi ciudad. Es un trabajo que me encanta, porque me dedico a endulzar a los demás, pero, a veces, necesito leer, estudiar y reflexionar, y por eso me recluyo aquí.

–¿Y por qué no eres el encargado del taller de cocina? –preguntó Berta con su lógica espontánea.

Se hizo un gran silencio.

–Es que aquí se viene a cambiar de actividad. Por eso soy el bibliotecario y experto en criptología.

Se levantó un murmullo de admiración. En ese instante, Lalo sintió que un escalofrío recorría su columna vertebral al recordar al menos dos viajes de larguísima duración que su madre había realizado en los últimos años. Ahora veía que podrían estar relacionados con Almagesto. Abandonó sus cavilaciones para escuchar a Luis, que estaba explicando en qué consistía la catalogación de los libros, el tejuelo y el archivo de documentos.

Cuando terminó su aclaración, Luis animó a los chavales para que recorrieran la biblioteca y reconocieran en los libros todos esos sistemas de ordenación.

–¿Hay también algún tipo de tejuelo y ficha de catalogación para los documentos que no son libros? –preguntó Lalo.

–Claro que lo hay. ¿Por qué lo preguntas?

–Pues porque me gusta mucho el dibujo técnico y la arquitectura, y me encantaría estudiar los planos de Almagesto.

Los ojos de Luis lanzaron un destello.

–¿Por qué te interesan tanto?

–Me parece que hay algo misterioso, oculto en esos planos y quisiera averiguarlo. ¿Es posible ver la ficha de catalogación?

–Te propongo algo mejor. Aunque no está permitido que nadie los toque, puedo abrir el cristal para que los veas de cerca. ¿Qué te parece?

La cara de Lalo se iluminó. El chico se acercó expectante a la mesa y observó con veneración a Luis. El hombre levantó la tapa de cristal, que no tenía cerradura ni otro mecanismo de seguridad, y Lalo inhaló el olor reseco que se escapó de aquella especie de pecera.

El resto de los chicos se arremolinó a su alrededor mirando con interés. En el pergamino, además del plano, había otros elementos gráficos dibujados con primor: estaba trazada la rosa de los vientos y en el vértice que indicaba el norte, aparecía la estrella de cinco puntas, símbolo de Almagesto. Luego, aparecía la escala (1/200) a la que estaba realizado el plano y el número –1– diminuto en una esquina, apenas visible.

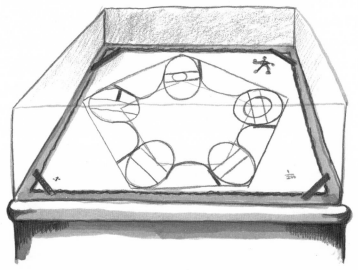

El pergamino era ligeramente rectangular. Lalo calculó que sus lados debían medir aproximadamente entre 45 y 55 centímetros. La gruesa hoja estaba sujeta a la base de la vitrina por unas tiras de suave cuero que la mantenían extendida. Dichas tiras tenían una especie de ojales que se enganchaban a unas tachuelas, como si fueran botones.

Pocos minutos después, casi todos los chicos se habían desperdigado por la sala; solo Lalo permanecía allí, mirando absorto los planos.

–Voy a cerrar ya el cristal. Si a los planos les pasara algo... no me lo perdonaría –dijo Luis apresuradamente.

–Sí, vale –se conformó Lalo–. ¿Crees que podría verlos de cerca otro día?

–No, esto ha sido excepcional. Lo he hecho solo porque tú tenías mucho interés. El pergamino es muy delicado y cualquier roce o cambio de temperatura podría dañarlo –concluyó Luis, dejando al chico bastante decepcionado.

Lalo le dio las gracias y se dirigió hacia Enrique y Rodrigo, que estaban localizando las estanterías en las que se encontraban los libros en braille.

–Hay más pergaminos –susurró Lalo notablemente nervioso.

–¿Cómo dices? –quiso saber Enrique.

–Pues que el plano que se ve tiene un número 1 diminuto escrito en una esquina y, debajo de él, hay otros. Por lo menos dos. Se nota por el grosor y porque sobresalen sus bordes irregulares.

Rodrigo prestó atención.

–Después me lo explicas con calma, porque me interesa mucho –pidió el chico–. Ahora no es conveniente que estemos cuchicheando o alguien podría interesarse más de lo necesario en nuestras investigaciones.

Luego, cada uno volvió a sus actividades.

Enrique encontró un libro de relatos de terror y se arrellanó tranquilamente en un rincón a leer. Lalo permanecía inmóvil junto a la vitrina que contenía los planos, como si un fuerte magnetismo le impidiera alejarse de allí. Los demás pululaban por la biblioteca curioseando con interés en cada rincón.

Rodrigo encontró un libro escrito en braille que contenía la historia de Almagesto. Le pareció un hallazgo interesantísimo y, cuando estaba a punto de llamar a sus compañeros para anunciárselo, notó cómo un trozo de papel, que debía estar suelto entre las hojas, se deslizaba y caía al suelo. El chico se agachó y palpó a su alrededor hasta que dio con el pedazo de papel. Lo recorrió con sus dedos esperando que estuviera también escrito en braille, pero no fue así. De modo que, disimuladamente, lo dobló y se lo guardó en un bolsillo.

Lalo se acercó al muchacho y le preguntó susurrando:

–¿Qué te has guardado en el bolsillo?

Rodrigo dio un respingo y, algo alterado, contestó:

–Es un papel que he encontrado entre las hojas del libro que estaba leyendo. ¿Quieres mirar si hay algo escrito?

Lalo tomó en sus manos el papel que su amigo le entregaba y, al abrirlo, lanzó un silbido, apenas audible.

Rodrigo supuso de inmediato que aquel papel contenía algo realmente impactante.

–¿Qué pasa? Dímelo ya, que me tienes en ascuas.

El otro tragó saliva y leyó en voz apenas audible:

–"La desaparición de la Quinta Piedra marcará el principio del fin de Almagesto."

# CAPITULO 6
## Un rayo de inquietud

Las campanadas anunciaron la hora de la cena, y resonaron en los oídos de Lalo y de Rodrigo como estallidos. Estaban tan nerviosos que dieron un salto al escucharlas.

–Vamos, al comedor –oyeron decir a Enrique.

Pero ellos no podían moverse ni un centímetro, estaban petrificados.

El resto de los que habían pasado la tarde en la biblioteca fueron saliendo mientras los dos seguían ajenos al trasiego.

Sus camaradas se marchaban y Estrás empujó a Rodrigo con el morro, sacándolo de aquel estado de *shock* en el que había quedado después de que Lalo leyera el misterioso papel.

Enrique volvió sobre sus pasos y miró a sus compañeros.

–¿Qué ocurre? ¿Habéis visto un fantasma?

–Pues me parece que sí –afirmó Lalo.

–No bromeéis con eso que estaba leyendo un libro espeluznante –replicó Enrique estremeciéndose.

Luego esbozó una sonrisa que se congeló en sus labios al comprobar los gestos de espanto de sus amigos.

–¿Qué pasa? –insistió.

El Venerable Luis apremió a los muchachos:

–Venga, que es la hora de cenar.

Rodrigo fue capaz de reaccionar y preguntó:

–¿Me puedo llevar este libro?

Luis observó el grueso libro y algo similar al desconcierto se dibujó en su mirada.

–Sí, llévatelo –balbuceó el Venerable–, pero cuídalo mucho y devuélvelo cuando lo hayas terminado.

Mientras tanto, Lalo había salido también de su ensoñación y, con disimulo, había guardado en el bolsillo de su pantalón el misterioso papel. Luego hizo un gesto a Enrique para indicarle que tenían que salir de allí cuanto antes. Necesitaba pensar sobre lo que habían descubierto y quería comentarlo con sus compañeros.

Caminaron en silencio hasta llegar al comedor, donde les esperaban sus amigos en la mesa donde siempre se juntaban, que desde aquel momento dejó de ser "una mesa" para convertirse en "su mesa".

–¿Por qué habéis tardado tanto? Hay unos calamares riquísimos y se están acabando. Daos prisa –animó Berta, tan lanzada como siempre.

–Cenad rápido –dijo Lalo con aire misterioso, como si no hubiera oído a la chica–. Tenemos que salir y hablar de algo que hemos descubierto.

Engulleron la cena a toda velocidad y terminaron mucho antes que el resto de los chicos. Dejaron las bandejas atropelladamente en los carros y se precipitaron hacia la salida.

Como si lo hubieran acordado, fueron en tropel al lugar donde la noche anterior habían estado charlando y observando las estrellas. Se sentaron y ninguno hizo intención de hablar. Todos miraban con insistencia a Lalo que, tragando saliva, anunció:

–Creemos que Almagesto corre un grave peligro.

Un alud de preguntas se convirtió en banda sonora de la noche:

–¿A qué te refieres?

–¿Y cómo lo sabes?

–¿Qué clase de peligro?

En esta ocasión, fue Rodrigo el que tomó la palabra:

–Encontré en la biblioteca este libro en braille que cuenta la historia de este lugar. En el interior de sus páginas había un papel.

Lalo lo mostró y, con aire misterioso, leyó en voz alta:

–"La desaparición de la Quinta Piedra marcará el principio del fin de Almagesto."

–¿Y eso qué quiere decir? –quiso saber Yamil.

Pero ni Lalo ni Rodrigo supieron qué contestar. Y el silencio se adueñó del grupo.

–¿Entonces ese papel es un augurio, una amenaza o qué es? –preguntó por fin Stefka.

–¿Es posible que estemos asistiendo al final de Almagesto? –inquirió Ana con voz triste.

Rodrigo mostró el libro a sus compañeros y propuso:

–¿Queréis que os lea algunas partes? A lo mejor aquí dentro encontramos alguna explicación.

Se produjo un murmullo de asentimiento. El joven abrió el libro y empezó a deslizar sus dedos suavemente por los signos en relieve, mientras hablaba con voz pausada.

–"Almagesto fue construido en la noche de los tiempos sobre cinco torres de dimensiones colosales. Era un templo para la sabiduría, el avance de la sociedad y la convivencia, y concentraba entre sus muros una enorme cantidad de energía que alimentaba las almas de los innumerables visitantes que acudían a estudiar, meditar y encontrarse a sí mismos. La leyenda atribuía esta fuente de vida a cinco piedras: las piedras angulares de Almagesto, cada una de las cuales se hallaba en el alma de una de las torres. Durante siglos, sabios llegados de todos los lugares investigaron las prodigiosas propiedades del edificio, pero no pudieron hallar la localización de las piedras ni su origen.

Pero un día, algo empezó a cambiar en Almagesto. Las piedras fueron desapareciendo, una a una, hasta que solo quedó la que se ocultaba en el alma de la torre de la biblioteca: la Quinta Piedra. Esta era, junto con la Piedra Matriz, la más poderosa, pero no lo suficiente para mantener la energía del lugar, que fue disminuyendo de forma alarmante. Llegó un momento en el que Almagesto, que siempre había sido un centro neurálgico del saber al que acudían gentes de todo el mundo con sed de conocimientos, empezó a desmoronarse.

Nunca se ha sabido exactamente dónde se encontraban las almas de las torres; no obstante, Almagesto se rodeó de grandes medidas de seguridad para impedir que la última pudiera desaparecer. Se han estudiado durante años los grandes misterios que rodean Almagesto sin encontrar la más mínima pista."

Rodrigo pasó la mano por algunas páginas más, cerró el libro e hizo un resumen de otros datos que había obtenido:

–La leyenda indica que ninguna criatura, actuando individualmente, será capaz de devolver el esplendor a Almagesto y que solo un grupo de eruditos, trabajando codo con codo, tendrá una ínfima posibilidad de conseguirlo, aunque la traición y la deslealtad que anidarán entre ellos intentarán impedirlo.

–Entonces, ¿nadie sabe dónde están esas piedras? –intervino Jaime–. ¿Y cómo se enteran cuando desaparecen?

Se miraron entre sí sin saber qué decir.

Después de unos instantes de espeso silencio, Lalo habló despacio, como masticando las palabras:

–Y mi pregunta es: ¿se supone que nosotros podemos hacer algo para impedir ese desastre?

–Pues, visto lo visto, creo que deberíamos largarnos antes de que todo esto se derrumbe sobre nuestras cabezas –respondió Jaime de inmediato.

Las voces de los ocho amigos empezaron a subir de volumen. Por fin, una pregunta se elevó en el aire:

–¿Y esto lo sabrán los venerables?

–Imagino que sí –provocó Jaime, buscando algo de protagonismo–. A ver si os vais a pensar que solo nosotros hemos sido capaces de averiguarlo.

–Yo también creo que sí conocen esta historia –afirmó Rodrigo–. Es evidente el deterioro que está sufriendo Almagesto en los últimos años.

–Pues yo estoy de acuerdo con Jaime –opinó Berta–. ¿Qué narices pintamos nosotros en esto? ¿No pensaréis que somos los eruditos de los que habla la leyenda?

—Nos estamos inventando misterios donde no los hay —rebatió Stefka—. Todo lo que hemos leído hasta ahora son cuentos infantiles que no tienen ninguna base científica. ¿O es que alguno de vosotros cree en la magia?

El murmullo se extendió en el ambiente.

—No, no, claro que no.

—De ninguna manera.

—¡Qué disparate...!

Rodrigo permaneció en silencio hasta que el murmullo se extinguió. Entonces intervino, pausadamente:

—Lo que está claro es que nos enfrentamos al dilema de si las advertencias sobre la destrucción de Almagesto son ciertas o no. Por eso creo que podríamos husmear un poco. Nos serviría para mantener nuestro ingenio despierto.

—Tampoco tenemos nada que perder —apoyó Berta—. A falta de consola o de otro trasto para matar el tiempo, podemos asesinar el aburrimiento a golpe de investigación.

—A mí me parece un despilfarro hacer un esfuerzo para investigar lo que dice un libro de magia —opinó Enrique—. Ese libro es de cuando se utilizaban los cuentos de hadas para explicar los fenómenos que resultaban incomprensibles. Estoy seguro de que no hay piedra matriz, ni energía, ni nada misterioso aquí.

—Pues yo estoy seguro de que este es el lugar más extraño que he conocido —afirmó Lalo—. Todo lo que nos rodea exhala misterio.

—Por lo que he oído hablar a mis padres desde que tengo recuerdos, es cierto que hay secretos ocultos en cada rincón de este recinto —concluyó Yamil.

Se hizo un profundo silencio.

—Vale, pues cambio de idea —dijo de repente Jaime—: Ahora sí creo que deberíamos investigar, porque si realmente esto se va a venir abajo tenemos que saberlo cuanto antes para largarnos echando chispas.

Sin hablar, todos llegaron a la misma conclusión: Jaime era el ser más desconcertante del universo; era como esas personas que te cuentan una desgracia mientras se ríen a carcajadas. Primero parecía que pasaba de todo y, poco después, les animaba a continuar con sus averiguaciones, intentando disimular su interés. ¡Qué chico más complicado!

—Vamos —dijo Lalo con desgana después de unos instantes.

Se levantaron y atravesaron despacio el puente.

Sin quererlo, caminaban en silencio, como levitando. Sus pisadas apenas se oían. Justo antes de entrar en el vestíbulo, Rodrigo, que caminaba delante con Enrique, se paró e hizo una seña a sus amigos para que se detuvieran también. Se oía un murmullo. Dos personas conversaban en voz baja, ocultas entre las sombras. Se trataba del Venerable Luis y la Venerable Sara, la preceptora de Jaime.

—No deberíamos tener estudiantes aquí este año —decía Sara—. Es un gran riesgo, después de las informaciones que nos están llegando.

—¿Crees que sería oportuno enviarlos de vuelta a sus casas? —preguntaba Luis, dubitativo—. ¿Te parecen tan serios esos indicios que hemos recibido?

—Claro que sí. Los venerables deberíamos dedicar todos nuestros esfuerzos a investigar lo que está ocurriendo. Si no conseguimos salvar Almagesto, desapareceremos entre sus escombros y, por lo menos, no faltaremos a nuestro juramento.

Stefka dio un respingo que puso en alerta a los dos venerables.

—¿Qué ha sido eso? —se sobresaltó Luis—. Voy a ver si hay alguien por ahí fuera.

Los ocho chicos se apretujaron en un recoveco que se encontraba completamente a oscuras. Aguantaron la respiración mientras Luis pasaba varias veces cerca de ellos sin verlos.

—No hay nadie, por suerte —anunció Luis—. Si alguien nos oyera podría cundir el pánico, que es lo que menos nos conviene en este momento.

—Es casi la hora de apagar las luces —indicó Sara—. Mañana deberíamos hablar con Manuel. Hoy se ha retirado a estudiar y no se le puede molestar.

Se alejaron despacio, cabizbajos y derrotados, como quien carga un enorme peso sobre sus hombros.

El grupo de estudiantes salió de su escondite.

—Pues no parece que sean cuentos de niños los vaticinios sobre Almagesto —comentó Ana.

Lalo echó a andar hacia el interior de Almagesto. Ninguno lo seguía, todos estaban como petrificados. Así que, se detuvo y los miró.

—Ahora no tenemos tiempo, pero mañana hay que decidir qué hacer. Pensadlo esta noche —indicó con autoridad.

Y continuó caminando con los puños apretados, como si estuviera a punto de descargar un puñetazo sobre un enemigo invisible.

# CAPITULO 7
## Míradas apasíonadas

Las chicas entraron en su habitación sin despedirse de sus amigos, que continuaron escaleras arriba.

En el dormitorio que les había correspondido dormían también Flor y Paloma, dos hermanas que iban pegadas la una a la otra en todo momento.

–Buenas noches –saludaron las recién llegadas.

–Hola –dijeron las dos niñas a coro.

Ambas estaban ya en pijama. Iban a acostarse y estaban colocando sus zapatillas perfectamente alineadas a los pies de sus camas.

Stefka hizo una seña a Ana y a Berta. Fueron a buscar sus bolsas de aseo y la siguieron al baño.

–¡Qué raritas son estas niñas! –susurró Ana al cerrar la puerta.

–Me dan un poco de pena –comentó Berta–. Es como si todo lo que hay a su alrededor las asustara. ¿Habéis visto cómo nos miran? A lo mejor deberíamos hablar un poco más con ellas para que no se sienten tan aisladas.

–Sí, es verdad –afirmó Stefka, que se mostraba siempre tristona.

–No sé –dudó Ana–. Podemos pensarlo. –Luego preguntó a Stefka–: ¿Qué piensas de lo que está ocurriendo? ¿Crees que será peligroso?

–No creo que sea peligroso –respondió ella–, al menos de momento.

–No me tranquiliza eso que has dicho –comentó Berta con gesto angustiado.

–Es que no hay nada tranquilizador en esta situación –concluyó Ana.

–¿Y qué os parece la idea de Jaime de investigar para ser los primeros en largarnos si las cosas se ponen feas? –preguntó Berta.

–Una estupidez –afirmó rotunda Stefka–. Ya hay gente de sobra preocupándose por este sitio. No creo que nosotros podamos aportar nada.

–Pues a mí no me parece mal –opinó Berta–. Jaime puede tener razón, parece un chico listo a pesar de ese carácter tan agrio que muestra.

Ana guiñó un ojo a su amiga.

–Te gusta un poquito, ¿eh?

Berta se puso a la defensiva y elevó la voz para contestar:

–De ninguna manera. Solo quiero que mañana tomemos la decisión correcta y para eso tenemos que valorar todas las opciones.

Ana y Stefka le hicieron un gesto para que hablara bajo y, a continuación, rompieron en risitas de complicidad mientras ponían dentífrico en sus cepillos de dientes.

Salieron del baño intentando no hacer ruido, porque las dos hermanas tristonas estaban en sus camas y parecían dormidas.

Berta ocupaba la cama central, entre la de Flor y la de Ana. Había venido a Almagesto con su amiga Ana, a la que conocía desde la escuela infantil. A sus padres no les hizo gracia que pasara todo el verano en aquel lugar, pero ella insistió e insistió hasta que, por fin, ellos cedieron.

A Berta no le apetecía nada el plan que su familia tenía para el verano y vio Almagesto como una oportunidad para escapar de los quince días en el pueblo con su madre y sus abuelos maternos, y los quince días de playa con su padre, con la nueva mujer de su padre y los tres hijos de ella. La verdad era que sus "hermanastros", como los llamaba la madre de Berta, la trataban fenomenal, hacían planes con ella, la invitaban a todas partes y se portaban realmente bien. Los tres chicos vivían con su madre y con el padre de Berta y formaban una familia (o, al menos, eso parecía), y ella, que pasaba la mayor parte del tiempo con su madre, no terminaba de encajar en aquella casa bulliciosa y llena de visitantes de todas las edades. Su padre había pretendido, incluso, que se cambiara de instituto, para tenerla cerca y que pudiera pasar más tiempo con él, pero ella veía a su madre tan triste y tan sola que no deseaba alardear de la buena relación que mantenía con la nueva familia de su padre.

La psicóloga le había dicho que no le tocaba a ella cargar con los conflictos de otros, que debería disfrutar de esas buenas relaciones, pero Berta era así: empatizaba con facilidad y asumía como propios los problemas de los que la rodeaban. Todo el mundo la consideraba espontánea, alegre y bulliciosa; sin embargo, sentía una melancolía en su interior que le impedía disfrutar completamente de las cosas.

Otro asunto que la animó a visitar Almagesto fue que su amiga Ana estaba pasando una época especialmente difícil. Se mostraba rebelde, casi agresiva, con todo lo que la rodeaba. Solo la presencia de Berta parecía calmar sus explosiones de ira. Ambas habían hablado tantas veces de aquel lugar que se moría de ganas por conocerlo y disfrutarlo. Y así, pensando en vivir un verano diferente, en alejarse de su familia para encontrar algo de sosiego y en acompañar a Ana para hacerla sentir mejor, tomó la decisión.

Pero, desde luego, no era esa la idea de las vacaciones tranquilas y divertidas que ella tenía en la cabeza, pues se enfrentaba al terrible presagio que amenazaba Almagesto y, por si eso era poco, Jaime le producía un tremendo desasosiego. Porque, aunque no lo quería reconocer, en los dos días que llevaban allí, se había colgado completamente de él.

Para liberarse del torbellino de pensamientos y sentimientos que la invadían dejó su mente en blanco, cosa que era capaz de hacer con asombrosa facilidad, y permitió que su cuerpo se fuera relajando hasta quedar sumida en un profundo sueño. Le pareció que habían pasado apenas unos segundos cuando sonaron las primeras campanadas que anunciaban la hora de levantarse.

En la habitación se empezaron a escuchar quejidos, bostezos y algún resoplido, que indicaban que todas se iban desperezando.

Flor y Paloma saltaron de la cama, como impulsadas por un resorte; tomaron sus bolsas de aseo y entraron rápidamente al baño. Mientras tanto, Berta, Ana y Stefka se sentaron a los pies de sus camas como zombis.

Berta permaneció arrugada, mirando distraídamente la preciosa rosa de los vientos que estaba incrustada en la tarima, bajo la mesa de estudio.

La voz de Ana la sacó de sus cavilaciones:

–Hoy es el gran día –les recordó–. Tenemos una importante decisión que tomar.

–Estáis dando demasiada importancia a todo esto –discrepó Stefka–. Nosotros solo somos ocho granitos de arena en medio del desierto. ¿Qué podríamos hacer?

La miraron ignorando sus palabras y se pusieron en marcha.

Llegaron a la explanada y se colocaron cerca de los chicos. Los ejercicios físicos despejaron sus mentes y desentumecieron sus cuerpos. Al acabar, se sentían mucho mejor.

Caminaban hacia las habitaciones cuando Jaime cogió del brazo a Berta y tiró de ella ligeramente hacia atrás.

–¿Qué has pensado? –la preguntó sin más–. Me interesa tu opinión.

Berta se puso colorada como un tomate y bajó los ojos.

–No tengo claro lo que hay que hacer, pero estoy de acuerdo contigo en que deberíamos investigar, por lo menos para saber a qué nos enfrentamos.

–Me alegro de que pienses así. Necesito aliados para convencer a todos.

Luego, Jaime se adelantó dando grandes zancadas hasta alcanzar a los otros chicos.

No era esa la idea que Berta tenía de la primera conversación privada con Jaime, pero le pareció relevante que él quisiera conocer su opinión y se sintió satisfecha.

La mañana amaneció despejada. Seguramente haría mucho calor a mediodía. Desayunaron y acudieron a clase, pero, a eso de las 12, los preceptores se disculparon: debían ausentarse para acudir a una reunión urgente. Solo los ocho amigos sabían a qué se debía aquella repentina convocatoria.

Se dieron un largo chapuzón en el lago antes de comer para combatir el bochorno, pelearon como cachorros, se hicieron ahogadillas y jugaron a un montón de tonterías de niños pequeños. No estuvieron a solas en ningún momento y les resultó imposible comentar nada.

A la hora de la siesta, Yamil, que se mostraba muy nervioso, propuso:

–Podríamos ir a sentarnos en los bancos que hay en la sala de entrada de la torre Ocaso.

A todos les pareció una buena idea y hacia allí se dirigieron. El lugar resultó ser una agradable sorpresa. La luz de la primera hora de la tarde quedaba tamizada por las vidrieras y una fresca corriente de aire mantenía la temperatura en niveles muy agradables.

–Eres como los gatos, Yamil, siempre encuentras el mejor sitio para instalarte –comentó Enrique–. Aquí se está fenomenal. Además, a estas horas no hay nadie. Podremos hablar tranquilamente.

Berta se puso tensa cuando Jaime tomó asiento a su lado y se pegó mucho a ella. Ana la miró de reojo con media sonrisa... Y de pronto se hizo el silencio. Después de unos instantes en los que nadie hizo intención de intervenir, Jaime recorrió con su mirada las caras de sus compañeros y decidió romper el hielo.

-Tenemos que pensar qué vamos a hacer. Tal y como yo lo veo, hay tres opciones: la primera es ponernos todos de acuerdo e investigar "a muerte", a ver qué descubrimos; la segunda es justo lo contrario, ponernos todos de acuerdo y olvidarnos de lo que sabemos; y la tercera es que aquellos que quieran investigar lo hagan, y que los demás se retiren y no interfieran en las indagaciones.

-Hay que pensar en otras cosas -intervino Berta-. Tenemos que decidir si compartimos nuestros descubrimientos con los venerables o no.

-¿Qué descubrimientos? -preguntó Stefka con tono sarcástico-. Porque, en realidad, no sabemos nada de nada. ¿Qué crees que podríamos contarles?

-No estoy yo tan seguro de que no sepamos nada -intervino Lalo-. Hemos leído que Almagesto corre un grave peligro porque cuatro de las cinco piedras que alimentan su energía han desaparecido, y la quinta puede correr la misma suerte en cualquier momento. Esa amenaza es real y tenemos el papel que lo demuestra. Por otra parte, está esa extraña discrepancia entre los planos y la estructura real del edificio y, por si todo esto fuera poco, la conversación que escuchamos entre Luis y Sara confirma los peores augurios.

-¿Y tú qué propones? -quiso saber Rodrigo.

-Pues creo que deberíamos investigar un poco más -respondió Lalo tras dudar unos segundos-. Y, si lo que descubrimos es preocupante, tendremos que contárselo a los preceptores. Según mi madre, el venerable Manuel es una persona extraordinaria; a él se lo contaría yo, si dependiera de mí hacerlo.

Rodrigo, Jaime y Berta asintieron. Los demás no se mostraron, en principio, ni a favor ni en contra de la propuesta. Hablaron un rato más sin ponerse de acuerdo.

Ana, que había permanecido en silencio todo el tiempo, por fin opinó:

–Conozco bien a Berta y confío en su intuición. Estoy de acuerdo con ella, deberíamos investigar.

–Parece que ya está decidido entonces –concluyó Yamil–. Porque la idea de deshacer el grupo no me parece buena.

–Que conste que no creo que haya nada que investigar –insistió Enrique con la tranquilidad que lo caracterizaba–. Pero la mayoría ha hablado y yo quiero seguir perteneciendo a este equipo.

Stefka, por su parte, se encogió de hombros y concluyó con un lacónico:

–Pues vale.

–Ahora, debemos decidir cuáles serán nuestros siguientes pasos –propuso Lalo.

–Podríamos repartirnos las tareas –propuso Berta–. Luego, cada noche, después de la cena, comentamos los avances y planificamos los siguientes pasos.

–¿Por dónde empezamos? –preguntó Ana levantándose.

–Rodrigo podría continuar leyendo el libro de la historia de Almagesto en la biblioteca –propuso Berta–. Algunos podemos ir allí también y buscar más documentación.

–Pues vamos todos a la biblioteca –interrumpió Lalo–. Ya sabéis que tengo interés en revisar los planos a ver qué descubro.

–¿Habrá lectura guiada o talleres esta tarde? –preguntó Yamil–. No nos hemos apuntado a nada.

Ninguno supo qué responder, pero estuvieron de acuerdo en que la biblioteca sería un lugar perfecto para continuar sus averiguaciones; además, allí estarían localizables si los buscaban. Mientras caminaban, Jaime volvió a retener a Berta para quedarse atrás.

–¿Por qué se mostrarán tan reticentes a investigar Enrique y Stefka?

–No todos tenemos que estar entusiasmados con la idea de husmear en estas historias tan raras –respondió ella, arrepintiéndose al momento del tono que había empleado.

"¿Le habrá molestado lo que he dicho?", se planteó la chica con cierto desasosiego. Miró a su acompañante y no pudo descubrir qué pensaba porque caminaba a su lado absorto, mirando al suelo.

La puerta de la biblioteca se abrió mansamente. Entraron despacio, escudriñando cada rincón como si la visitaran por primera vez. En esta ocasión, la luz de la tarde inundaba la atmósfera y un millón de rayos oblicuos se proyectaban sobre las estanterías, las mesas y el suelo.

Se dispersaron en distintas direcciones. Cada uno se centró en una estantería y empezó a buscar algún documento que contuviera información sobre el tema que investigaban.

Mientras tanto, Lalo se paró junto a la vitrina y empezó a analizar los planos con detenimiento.

Abrió su cuaderno y copió con trazos firmes la imagen. Al terminar, miró su boceto y lo comparó de nuevo con el original.

Después de pensar un rato, Lalo llegó a la conclusión de que ese plano podría corresponder al sótano de Almagesto. Seguramente, se trataría de la planta en la que se habrían encontrado en un tiempo las famosas piedras, ya que se veían claramente las plantas de las torres en forma de elipse y unos corredores completamente rectos que salían de ellas y las unían entre sí. Esas líneas habían desconcertado a Lalo desde que vio el plano por primera vez. Por eso supo que la imagen no correspondía a lo que se podía ver en la realidad, sino a una zona que no estaba a la vista.

De pronto, la puerta de la biblioteca se abrió. El venerable Manuel apareció ante ellos y habló pausadamente:

–Buenas tardes, chavales. Os estaba buscando.

Se volvieron con gestos expectantes. Él continuó hablando sin esperar respuesta.

–Veo que os habéis aficionado a la biblioteca. Me encanta que sea así. Esa biblioteca tiene su propio espíritu, diferente del espíritu general de Almagesto. Yo también la visito con frecuencia. –Se quedó en silencio un momento, con aire nostálgico. Pero, de inmediato, reaccionó–: Vamos al comedor. Tenemos que contaros algunas noticias y retomar las actividades. El día de hoy ha sido un poco peculiar.

Salieron rápidamente. El Venerable Manuel se aseguró de que no quedaba nadie y cerró la puerta. Lalo se quedó rezagado y consiguió frenar los pasos del preceptor.

–¿Puedo preguntarte una cosa, Manuel?

–Claro, Gonzalo.

–¿Por dónde se entra a los sótanos? Me gustaría visitarlos.

Manuel miró al chico con los ojos desorbitados.

–¿Por qué preguntas eso? Nadie ha podido demostrar nunca que haya sótanos en Almagesto.

Lalo tragó saliva y pensó: "Así que mi descubrimiento es mucho más importante de lo que yo creía". Luego intentó disimular lo mejor que pudo y explicó como bromeando:

–No es que yo sepa nada de un sótano, lo digo por intuición. Un lugar tan misterioso como este debería tener uno, oscuro y lóbrego.

El venerable Manuel pareció relajarse y comentó:

–¡Qué imaginación tienes! Justo como me dijo tu madre.

# CAPITULO 8
## Palos de ciego

La cabeza de Jaime estaba en ebullición. Se quedó rezagado a la salida de la biblioteca, dando vueltas a la posibilidad de escabullirse y no acudir al comedor.

Se sentía como un león enjaulado. No sabía por qué había decidido hacer precisamente lo que se esperaba de él: investigar lo que sucedía en Almagesto. Pensó que quizás fuera porque estaba deseando sentirse un poco protagonista de algo grande.

Su cabeza daba vueltas también a la atracción que sentía hacia Berta. A lo largo del día había hecho dos intentos, a cual más torpe, de acercarse a ella. Estuvo sentado a su lado en la galería de la torre de entrada. Tuvo que hacer un enorme esfuerzo para prestar atención a la conversación que mantenía el grupo mientras se pegaba a ella. No entendía cómo no le había bufado por su cercanía excesiva.

Decididamente, no iría al comedor con los demás. Le daban igual las noticias que fuera a contar Manuel. Ahora lo que deseaba era estar solo y caminar por los alrededores y ver el edificio desde diversas perspectivas. Nunca se había acercado a la torre Sudeste, ni había visto la torre Suroeste, la de las habitaciones, desde el exterior.

Atravesó el patio desierto. Cruzó despacio el puente que conducía al exterior del edificio. Serían las cinco y media. Por la mañana había hecho mucho calor; sin embargo, ahora, la temperatura había bajado considerablemente, la humedad del lugar se había hecho más patente y el cielo estaba cubierto de nubarrones.

Giró a la izquierda y caminó por la orilla del lago hasta colocarse justo frente a la torre de los dormitorios. Observó las ventanas del tercer piso, las del dormitorio que se encontraba justo en la misma planta que el suyo.

"Nuestras ventanas dan al norte", pensó distraídamente, sin saber muy bien por qué había procesado ese dato. Y, luego, bromeó para sí mismo: "Es verdad que este sitio te obsesiona con las orientaciones de las cosas".

Tenía un torbellino de preguntas en su cabeza y quería poner algo de orden en sus ideas.

En primer lugar: ¿era cierto que no se sabía qué lugares habían ocupado las piedras en Almagesto? Y, por lo tanto, tampoco sabía nadie dónde se encontraba ahora la piedra que quedaba.

En segundo lugar, había un asunto que le inquietaba: si las piedras habían sido robadas, es que había algún acceso a las "almas de las torres", como se las llamaba en el libro que había leído Rodrigo. ¿Cómo era posible que nadie lo hubiera descubierto? Y la conclusión inmediata era, entonces, que quien hubiera robado las piedras tenía que estar muy vinculado a Almagesto y conocía hasta el más mínimo detalle de su estructura. Y eso sí que era una sospecha arriesgada.

En ese momento, Jaime bloqueó a propósito sus pensamientos, miró al cielo y respiró profundamente. Le costaba trabajo asumir que tenía que empezar a sospechar de todos los que le rodeaban. Él era demasiado impulsivo, demasiado visceral para mantener a raya las emociones y racionalizar lo que ocurría a su alrededor.

No quería que las preguntas invadieran de nuevo su cabeza, pero su resistencia no fue demasiado eficaz y sus pensamientos volaron de forma autónoma hasta la siguiente cuestión: ¿cómo se descubrieron los robos de las piedras, si nadie sabía dónde estaban?

Y, por último: ¿los planos que se guardaban en la biblioteca contendrían de verdad alguna información sobre la posición de las famosas piedras?

La brisa se estaba convirtiendo en vendaval. Caminó durante bastante rato alrededor del edificio y se dejó llevar por los recuerdos de su vida. En ocasiones, esos recuerdos le escocían solo con asomarse a ellos, pero ahora, no sabía bien por qué, se deslizaban plácidamente en su cabeza sin producir ni el más mínimo roce.

No recordaba cuándo había llegado a la casa de sus padres. Era muy pequeño. Ellos nunca habían ocultado que él era adoptado y siempre habían dicho (y demostrado también) que desde el momento que lo habían recogido en aquel orfanato de Nepal se había convertido en el centro de gravedad de sus vidas. Sin embargo, la sensación de abandono que lo invadía en ocasiones lo llevaba a comportarse de un modo irritante, hasta para él mismo. No podía dejar de pensar cómo era posible que unos extraños se hubieran hecho cargo de él con todo el amor del mundo y sus propios padres lo hubieran abandonado sin más.

Cuando se sentía especialmente irascible, echaba la culpa a sus padres adoptivos por haberlo recogido para llevarlo tan lejos de sus orígenes, cerrando completamente cualquier puerta al posible reencuentro con su "verdadera familia".

Llegado a este punto, Jaime se detuvo y miró a su alrededor. ¿Su verdadera familia? ¿La que le había abandonado y no había hecho ningún intento de saber de él? ¿Y si su madre o su padre habían muerto?, ¿o estaban en la cárcel o tirados en una callejuela de un suburbio? A veces se dejaba llevar por la desesperación y pensaba que si su madre y su padre lo habían abandonado en aquel orfanato, por qué sus padres adoptivos no iban a hacer lo mismo. Y entonces, descargaba su angustia con cualquier persona, animal o cosa que hubiera a su alrededor, incluida su hermana pequeña, la que nació cuando él tenía casi diez años. La niña deseada, el regalo de la familia.

Pensó que Almagesto le estaba permitiendo enfocar su vida desde otra perspectiva, porque pensaba en su hermana Cecilia y se enternecía al recordarla. Tenía solo cinco años y lo adoraba. Él, sin embargo, la rechazaba en ocasiones con rudeza. Pero, ahora, notaba un nudo en la garganta cuando evocaba sus tardes de encierro en su habitación: él enfrascado en cualquier libro y su hermana acurrucada junto a él, dormida.

Jaime se había acostumbrado a echar la culpa de todo lo que le ocurría a su entorno. Pero, de pronto, una luz se había abierto ante sus ojos: "si echo la culpa de lo que me ocurre a lo que me rodea, nunca tendré la sensación de llevar las riendas de mi vida". Fue un *flash*, pero le permitió entrever qué camino podría seguir si quería encontrar un poco de sosiego.

Dejó de lado la autocompasión y se centró en las razones por las cuales se encontraba allí. No era muy consciente del proceso que se había producido desde la primera charla con su padre sobre el tema hasta su decisión (un poco forzada, por cierto) de pasar unos meses en ese sorprendente lugar.

–Te puedo garantizar que es una experiencia única y, en tu situación actual, un poco de reflexión te vendría bien –había asegurado su padre–. Además, ahora Almagesto te necesita y debes acudir. Es tu destino, tu madre y yo te lo hemos repetido infinidad de veces.

–Estupendo –ironizó él–, ya habéis encontrado el modo de quitarme del medio, por lo menos durante un tiempo.

"¡Qué paciencia la de mi padre!", pensó Jaime en ese momento.

En otras conversaciones, habían hablado de las épocas que su madre y su padre habían pasado en Almagesto y la perspectiva que eso les había proporcionado; de la vida, del amor, de la amistad y, por qué no decirlo, también de la traición. Almagesto elegía a personas para servirlo y cambiaba sus vidas radicalmente.

Jaime cerró sus reflexiones: "Mis padres siempre han dicho que este lugar supuso un cambio de ciento ochenta grados en su modo de ver el mundo y de verse a sí mismos", pensó. "Y eso que entonces no existía el peligro de que el lugar desapareciera de la faz de la Tierra, con todos sus moradores dentro".

–Iré al sitio ese con una condición –anunció un día Jaime durante la comida.

–¿Cuál es la condición? –quiso saber su madre.

–Que si no me siento bien allí, vayáis a buscarme. ¿De acuerdo?

Se hizo el silencio. Hasta Cecilia contuvo la respiración. Su madre lo miró, como midiendo muy bien lo que iba a decir, y su padre se retranqueó detrás de la servilleta.

–Está bien –dijo ella por fin–. Pero tienes que intentarlo durante, al menos, una semana. Si pasado ese tiempo te sientes mal en Almagesto, yo misma iré a buscarte.

–Me parece justo.

Y así fue como Jaime cumplió el destino que siempre le habían vaticinado.

La tarde había pasado volando. Eran casi las siete cuando el chico se percató de que volvía a haber movimiento en el patio. De pronto, también fue consciente de que una fina lluvia empapaba su cara y sus brazos. Atravesó el puente corriendo. Debía conseguir que su incorporación al grupo pasara desapercibida para los preceptores.

–Buenas tardes, Jaime. ¿Estás bien? –preguntó la Venerable Sara por sorpresa, al verlo acercarse.

Él dio un respingo y respondió sin pensar:

–Sí, sí, ya estoy mejor. No he ido al comedor porque me dolía la cabeza. Necesitaba tomar el aire y...

–Ah, ¿pero es que no has ido al comedor? –preguntó ella con sorpresa mientras Jaime se sentía completamente ridículo–. Pues hemos tenido una reunión muy interesante. Pregúntales a tus amigos, que vienen por allí.

Y Sara se alejó. "Soy un boca-chancla", farfulló Jaime para sus adentros mientras se acercaba al grupo.

–Hola –saludó Berta adelantándose y mostrando una gran sonrisa–. ¿Qué has estado haciendo?

–Nada de particular –contestó él secamente.

La chica dio un paso atrás, aturdida, sin entender aquel cambio de actitud. Los demás venían comentando las noticias que los venerables les habían transmitido.

–Los preceptores nos han contado un cuento chino –afirmó Lalo muy molesto. Los demás asintieron y él continuó–: Dicen que un grupo de arquitectos está valorando la seguridad del edificio y que durante los próximos días habrá técnicos estudiando el terreno y la construcción, para decidir si podemos seguir aquí o tenemos que marcharnos.

–Incluso han comentado la posibilidad de que haya que derribarlo –comentó Stefka en voz baja.

–Pero eso es una tontería –objetó Rodrigo–. Nadie se puede creer que esto se vaya a derribar sin más. Es un lugar con una energía especial y su permanencia no se basa en estudios estructurales, sino en cuestiones mucho menos materiales.

–A lo mejor eso es una idea que hemos ido generando nosotros después de dejarnos llevar por la fantasía de los libros y de los supuestos misterios –discrepó Enrique.

–Ay, hijo, qué mente más cuadriculada... –le reprochó Ana–. ¿No tienes ni una neurona dedicada a soñar un poquitín?

Enrique sonrió de medio lado. Tenía que reconocerlo: su mentalidad reflexiva y concreta le empujaba a cuestionar cualquier cosa que no entrara dentro de sus esquemas de pensamiento. Así que, contraatacó:

–Ya, pero no me negaréis que es todo como una fantasía de película: un lugar con un halo mágico, un grupo de adolescentes visionarios, una amenaza de origen desconocido...

–Enrique tiene razón –manifestó Stefka–. Lo que ha ocurrido en estos pocos días nos ha llevado a un universo paralelo en el que nos convertimos en protagonistas de aventuras sorprendentes. A mí me parece que este escenario es irreal, pero nosotros lo percibimos como algo tangible, y esto influye en nuestras reflexiones y nuestras conclusiones.

Los demás se quedaron callados unos instantes. Quizás sí estaban muy influenciados por todas esas historias que habían leído, por los acontecimientos, por sus averiguaciones, por sus ganas de aventura...

–Supongamos que tenéis razón –discrepó Berta–. Hay muchas cosas que sí se podrían ver de ese modo, pero ¿y la conversación que escuchamos entre los venerables? ¿También eso es fruto de la sugestión?

–Yo dudo hasta de eso –afirmó Enrique rotundo–. Lo que escuchamos se puede interpretar de infinidad de maneras. En ningún momento hablaron de una amenaza oculta, solo de la posibilidad de que Almagesto se viniera abajo y que los preceptores acabaran enterrados bajo sus escombros.

–Sí, es verdad –ratificó Stefka–. La conversación, según yo la recuerdo, fue de lo más normal. Solo comentaron la inquietud que sentían ante la falta de seguridad de un edificio que se podría derrumbar en cualquier momento, con un montón de personas dentro.

–A mí me encanta la arquitectura –dijo Lalo en voz alta, como si pensara para sí mismo–, y me he fijado en muchos detalles de esta edificación. Nunca diría que hay riesgo de derrumbe: no se ven grietas ni cascotes caídos por el suelo, ni montoncitos de polvo que indiquen que un muro o una viga han perdido parte de su resistencia.

–A lo mejor los daños son más evidentes en la estructura –se aventuró a decir Ana–. No lo sé, tengo tantas dudas...

Rodrigo se puso en pie con decisión, agarró el arnés de Estrás y anunció:

–La reunión con los venerables ha durado más de lo previsto y, finalmente, han dicho que hoy no habría clases ni talleres. Así que yo me voy a la biblioteca. ¿Alguien me acompaña?

Lalo se puso a su lado inmediatamente.

–¿Tú también vienes? –preguntó Jaime a Berta.

Ella movió de arriba abajo la cabeza y se puso muy muy cerca de él. Echaron a andar. Se miraron y, de inmediato, bajaron los ojos, pero siguieron pegados.

Los otros hicieron gestos mostrando su falta de interés por visitar de nuevo la biblioteca.

–Ya nos contaréis, si descubrís algo... –susurró Ana cuando Berta pasaba junto a ella.

Llegaron y se acomodaron en diferentes rincones. De inmediato, cada uno se concentró en una tarea: Rodrigo se sentó a leer el libro que contenía la historia de Almagesto, Lalo continuó añadiendo detalles al dibujo del plano que estaba realizando y Berta y Jaime empezaron a dar vueltas distraídamente, sin saber muy bien lo que buscaban.

El chico se paró frente a la puerta de entrada. Permaneció un rato largo mirando los dibujos que había en su superficie. Luego, de improviso, llamó a sus amigos:

–¡Eh, chicos, venid aquí!

Él mismo se sobresaltó al oír su voz a un volumen más alto de lo que le hubiera gustado.

Se acercaron los tres.

–Mirad esto –dijo señalando los relieves de la puerta–. ¿Sabéis lo que es?

Los demás hicieron gestos que indicaban que no tenían ni idea.

–Pues es un cuadrado mágico –explicó Jaime.

–Yo he oído hablar de los cuadrados mágicos –afirmó Rodrigo–. Aunque sé cómo funcionan, nunca he resuelto ninguno.

El chico se acercó a la puerta y empezó a recorrer con sus dedos las figuras.

–Eso no puede ser un cuadrado mágico –dijo Lalo–. No tiene ni un número.

–Estos símbolos son números mayas –afirmó Jaime con seguridad–. Este cuadrado mágico está incompleto. Habrá que resolverlo. Pero, primero, tengo que convertir estos números mayas en números arábigos. Después veremos si tienen algún significado o son una clave para acceder a algo.

Lalo alargó a Jaime su cuaderno. El chico lo cogió y copió en una hoja en blanco el cuadrado mágico de la puerta. Luego, lo mostro a los demás. Había reproducido los veinticinco cuadrados que formaban la decoración de la puerta y, de forma esquemática, los símbolos que contenían.

–¿Por qué algunos cuadrados no tienen ninguna decoración? –preguntó Berta.

–Pues, precisamente, porque no solo hay que transformar los números mayas en arábigos, sino que hay que resolverlo descubriendo los que faltan –indicó Jaime–. De todos modos, es solo una teoría y tengo que comprobar si realmente se trata de esto. Voy a ver si, de verdad, estas decoraciones representan números.

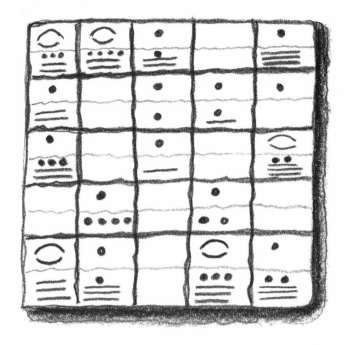

Jaime enseñó unos símbolos que había escrito en el cuaderno.

–Este símbolo ⌒ representa el cero; el puntito ● representa el uno y la raya ▬ representa el cinco. El espacio para colocar los números está dividido en dos recuadros: los símbolos que se representan en la parte superior se multiplican por veinte y los que se representan en la parte inferior, tienen su valor real.

–¡Qué cosa más complicada! –murmuró Berta.

–No, no es tan complicado, me parece a mí –indicó Rodrigo–. Solo hay que acostumbrarse, porque es un sistema de numeración en el que los símbolos tienen un valor en función de la posición que ocupan, igual que en el nuestro.

–¡Qué listo eres! –afirmó Jaime. Y luego los desafió–: A ver, ¿qué número está representado aquí?

Berta y Lalo miraron con atención el cuaderno.

–¡Ay, que creo que lo sé...! –exclamó la chica–. Arriba, cero y, abajo, catorce. ¡El catorce!

–¡Bravo, artista! Has identificado el primer número –la aclamó Jaime–. Ahora voy a ver si puedo hacer lo mismo con los demás. Espero que no se trate solo de una casualidad.

Se sentó en un rincón y Berta se unió a él.

–Creo que ya lo tengo –anunció al cabo de un rato–. Estos son los números arábigos que representan las decoraciones de la puerta.

Lalo estaba deslumbrado con las habilidades de su amigo.

–Me parece genial. Pero no sé bien qué es eso de los cuadrados mágicos –reconoció Lalo.

Jaime tomó aire y explicó:

–Son juegos matemáticos, yo suelo resolverlos a veces. Se trata de cuadrados divididos en el mismo número de celdas en horizontal y en vertical, cinco por cinco, en este caso. En cada celda hay un número escrito y, si sumas todos los números de cada columna o de cada fila, el resultado siempre es el mismo. De hecho, ayer, en la clase de Cálculo de lo oculto, estuvimos hablando de ellos. Es muy curioso que en un sitio como este, donde todo se rige por las matemáticas, la astronomía y la orientación en el espacio, haya cuadrados mágicos, porque los métodos para construirlos incluyen indicaciones sobre direcciones: nordeste, sudeste...

| 13 | 14 | 31 |    | 35 |
|----|----|----|----|----|
| 30 |    | 21 | 26 | 20 |
| 33 |    | 25 |    | 17 |
|    | 24 |    | 22 |    |
| 15 | 36 |    | 18 | 37 |

-Lo que yo digo -refunfuñó Lalo-, que los que levantaron este sitio estaban obsesionados con la orientación, con los puntos cardinales y demás. ¡Qué frikis!

-Vaya mentes retorcidas que debían tener los que imaginaron estos enigmas -comentó Berta-. Por si no fuera suficientemente complicado el asunto de los cuadrados mágicos, además, le añaden la dificultad de utilizar la numeración maya.

-Sí, desde luego, no nos va a resultar sencillo avanzar en esta investigación -reconoció Jaime mientras se alejaba hacia su rincón, sin dejar de mirar el cuaderno. Se sentó y volvió a enfrascarse en la resolución del acertijo matemático.

Pasado un rato, se acercó a los otros chicos y mostró el cuaderno con el cuadrado mágico completo.

–Es fascinante –declaró–. La suma de las filas y las columnas es ciento veinticinco; es decir $5^3$.

| 13 | 14 | 31 | 32 | 35 |
|----|----|----|----|----|
| 30 | 28 | 21 | 26 | 20 |
| 33 | 23 | 25 | 27 | 17 |
| 34 | 24 | 29 | 22 | 16 |
| 15 | 36 | 19 | 18 | 37 |

–¿Y eso qué quiere decir exactamente? –preguntó Rodrigo.

–Pues que todo lo que nos rodea tiene que ver con las matemáticas y, más concretamente, con cálculos que incluyen el número cinco que, como sabéis, es el número de torres de Almagesto, el número de vértices de la estrella que es su símbolo...

–¿Y qué crees que significa? –insistió Rodrigo.

–La verdad es que no tengo la menor idea –confesó Jaime.

Rodrigo entonces se echó a reír y todos lo miraron desconcertados.

–¿Qué es lo que te hace tanta gracia?

–Pues que ya no soy el único que da "palos de ciego".

## Un débil reflejo

Al salir de la biblioteca, Rodrigo planteó:

–Aunque los descubrimientos que hemos hecho son importantes, creo que no deberíamos hablar con los venerables hasta que no tengamos más datos.

Todos se mostraron de acuerdo. Así que, durante la cena hablaron de cosas sin importancia, para no levantar sospechas.

Al terminar, Jaime se levantó.

–¿Un paseíto bajo las estrellas? –dijo guiñando un ojo.

Como si los hubieran catapultado, se levantaron y salieron rápidamente.

Traspasaron el puente y se alejaron un poco.

Se volvieron a mirar la torre Norte y comprobaron tristemente la tenue luz que emergía de ella. Aunque, por momentos, parecía que adquiría mayor intensidad, de inmediato volvía a decaer.

Se sentaron en una pequeña explanada iluminada débilmente por el resplandor ceniciento de la luna creciente y empezaron a comentar las novedades. Lalo abrió el cuaderno donde había copiado los planos y señaló las líneas.

—Son corredores subterráneos —afirmó con rotundidad—. Estoy seguro. Lo que me sorprende es que, cuando pregunté a Manuel sobre el modo de acceder a los sótanos de Almagesto, me miró con enorme sorpresa y me dijo que no se había podido probar que hubiera sótanos.

—Es muy raro —comentó Yamil—. Yo creo que si de verdad existieran corredores subterráneos bajo las torres, Manuel debería saberlo.

En ese momento, todos empezaron a expresar sus opiniones a la vez.

A continuación, Jaime llamó la atención de sus amigos levantando el cuaderno con sus notas. Los demás giraron sus cabezas hacia él y le prestaron toda su atención.

—Estoy convencido de que el cuadrado mágico es también uno de los enigmas encadenados que guarda este lugar —anunció.

Las dudas inundaron la atmósfera.

—¿Qué crees que significa?

—¿Es alguna clave?

—¿Adónde conduce?

Jaime tuvo que confesar que no lo sabía.

–No obstante –concluyó Rodrigo–, seguro que es algo importante.

Parecía que se habían acabado las noticias, pero no era así, porque Rodrigo intervino con una afirmación que dejó a todos helados:

–Yo he descubierto cómo se sabe que falta una de las piedras.

Todas las miradas se volvieron hacia él.

–No puedo veros –bromeó–, pero estoy por apostar que me estáis mirando como si fuera una aparición.

–¿Y estabas tan tranquilo? –preguntó Ana sorprendida, mostrando una enorme impaciencia mientras sacudía a Rodrigo sin compasión–. ¡Cuéntanos qué has averiguado!

Estrás se acercó y lanzó su habitual gruñido de advertencia, que se prolongó hasta que Rodrigo lo tranquilizó acariciándolo en la cabeza.

–Os voy a leer la parte del libro donde lo explica. Es extraordinario: "La torre Norte de Almagesto encierra el corazón del complejo. La terraza de la parte superior soporta una plataforma donde se encuentra el dispositivo capaz de medir la energía que mana de las almas de las torres. La cúpula que remata el edificio es una linterna, una especie de faro que ilumina la noche. La intensidad de la luz que emite indica la cantidad de energía que se produce en las entrañas del edificio...".

–¡Vaya...! –exclamó Berta mientras retrocedía un poco para apoyar la espalda en una piedra cercana–. Sí que hay un problema grave de energía aquí. No hay más que ver esa luz temblona y mortecina.

–Voy a seguir leyendo, ¿os parece? –ofreció Rodrigo.

Berta se topó con algo, miró por encima del hombro y descubrió a Jaime sentado un poco más atrás.

–Ven, aquí hay sitio –susurró él.

Ella se acomodó y, de repente, notó la mano de él, disimuladamente, solicitando la suya. Así, agarrados y muy tensos, permanecieron escuchando a Rodrigo.

–"… Cada vez que una de las piedras se retira del alma de una torre, la cantidad de energía que las otras emiten se divide por la mitad…"

–Vamos ahora mismo a la torre Norte –casi gritó Yamil sin controlar el tono imperativo de su voz–. Tenemos que ver con nuestros propios ojos aquel medidor de energía.

Ana, mientras tanto, hablaba en voz baja, como intentando recapitular:

–Entonces, si no me equivoco, la proporción de energía que ahora está operativa en Almagesto es un dieciseisavo de lo que debiera ser –calculó–. Pues sí que es un problema.

–Antes de ir a ninguna parte –intervino Rodrigo–, dejadme que termine de leer, porque el peligro que amenaza este lugar es mayor de lo que pensáis. –El chico posó suavemente sus dedos sobre los relieves del libro y continuó–: "Si las piedras pasan mucho tiempo separadas entre sí, pierden parte de su capacidad para generar energía. Y existe la posibilidad de que nunca se recupere".

–¿En qué fecha fue escrito ese libro? –quiso saber Stefka.

–Creo que es de 2002 –respondió Rodrigo consultando la última página del libro.

–Por esa razón nuestros padres recuerdan Almagesto en todo su esplendor –comentó Lalo–. Han pasado solo unos años; quizás la pérdida que han sufrido las piedras sea recuperable.

–¿No estarás pensando en que nosotros podríamos arreglar este desastre? –preguntó Enrique con incredulidad.

Lalo lo miró e hizo un gesto desafiante, como preguntando por qué no. Jaime se levantó sin previo aviso y medió entre ambos.

–Enrique tiene razón, parece una locura todo lo que está pasando, pero yo creo que, a pesar del poco tiempo que llevamos aquí, hemos averiguado bastantes cosas sobre el problema que hay en este lugar y eso debería animarnos a continuar. No sé qué os parece a vosotros.

Enrique y Lalo movieron la cabeza de arriba abajo en señal de asentimiento.

–Es cierto que hemos conseguido mucha información sobre la destrucción de Almagesto –convino Lalo–. Ahora deberíamos ser capaces de encontrar el modo de salvarlo.

–Es verdad –ratificó Yamil–, tenemos que intentarlo. Hace apenas cuatro días que estamos aquí, pero yo siento que su pérdida sería una catástrofe.

–Somos solo un grupo de adolescentes con más imaginación que sensatez –afirmó Stefka–. No creo que esté en nuestras manos resolver algo que grandes investigadores no han sido capaces de llevar a cabo.

Una algarabía de voces estalló en ese momento.

–No deberíamos gritar –advirtió Yamil–. No estamos solos. –Y señaló a su alrededor a varios grupos de chicos y chicas que los miraban, sorprendidos por los gritos.

—El camino más corto para llegar a cualquier parte es el que va en línea recta –razonó Rodrigo–, quizá sea lo más sensato que hablemos con el Venerable Manuel y le preguntemos directamente qué sabe de todo esto.

—Es un riesgo dar esa información –valoró Enrique al cabo de unos instantes–. No sabemos de quién podemos fiarnos.

—Pero mi madre confía completamente en él –contraatacó Lalo–, y ella tiene un sexto sentido para eso.

—Yo no creo que Manuel esconda intenciones oscuras –corroboró Yamil en voz baja.

—Seguro que será un hombre íntegro... –manifestó Stefka–. Sin embargo, yo creo que deberíamos ser precavidos y pensar muy bien a quién hacemos partícipe de nuestros secretos.

Se quedaron pensativos unos segundos.

—Podríamos contárselo al Venerable Luis –propuso tímidamente Enrique–. A mí me parece un hombre accesible y tranquilo. Seguro que nos aconsejará bien. Si considera que los acontecimientos son tan graves como creemos, nos podrá acompañar a hablar con el Venerable Manuel.

—¡Qué buena idea! –exclamó Stefka–. A lo mejor nos estamos preocupando por nada y él nos ayuda a entender qué pasa.

Lalo, Jaime y Rodrigo no estaban muy convencidos de proceder de ese modo; sin embargo, se encogieron de hombros para no mostrar directamente su desacuerdo.

—Tendríamos que pensarlo –concluyó Yamil–. Mañana veremos.

—¿Entramos? –preguntó Ana al ver que otros grupos de chicos se dirigían hacia el puente.

Caminaron cabizbajos. Otra vez se encontraban ante una difícil elección.

Sonaron las campanadas que anunciaban la hora de apagar las luces y los chicos se lanzaron a la carrera escaleras arribas para llegar a las habitaciones antes de que la oscuridad se apoderara por completo del lugar.

–Hasta mañana –se despidieron las chicas, entrando en tromba al dormitorio donde las hermanas ya estaban acostadas.

Los chicos continuaron hasta su cuarto. Se pusieron el pijama a toda prisa y se metieron en sus camas.

La respiración rítmica de Jaime, Lalo, Rodrigo y Enrique indicó a Yamil que se habían quedado dormidos nada más apoyar la cabeza en la almohada. Pero él no podía dormir. Su cabeza era un hervidero de ideas que se amontonaban sin orden ni concierto.

Quizás había llegado el momento de enfrentarse a la verdadera razón por la que se encontraba en Almagesto.

# CAPITULO 10
## Luz arrojada

Yamil daba vueltas y más vueltas en la cama.

–¿No puedes dormir? –oyó susurrar a Enrique.

–Lo siento –se disculpó Yamil–, estoy desvelado.

–¿Quieres que salgamos a charlar un rato al descansillo?

–Sí, creo que me vendría bien –aceptó Yamil–. Muchas gracias.

Sin hacer ruido, se levantaron de la cama. Estrás los miró con ojos somnolientos, sin moverse.

–¿Te pasa algo? –se interesó Enrique.

–Estoy muy preocupado. Ya no aguanto más la presión. Mi padre está empeñado en que forme parte de este loco grupo de investigadores y yo no sé si tengo algo que aportar y tampoco sé si me importa que Almagesto se vaya al demonio de una vez...

–Espera, espera. ¿Quién es tu padre?

–Es el Venerable Manuel. Lo que pasa es que nadie lo sabe. Él guarda a su familia muy alejada de este sitio y casi ninguno de los otros venerables nos conoce.

–¿Y es el Venerable Manuel el que está detrás de la formación de nuestro grupo?

–Me parece que sí. Yo creo que mi padre está convencido de que los miembros de nuestro grupo somos los famosos eruditos de los que habla la insensata historia de este lugar. Pero yo no tengo nada de especial. No soy tan inteligente como vosotros, ni tampoco tengo intuición, ni creatividad...

–No deberías decir eso, Yamil. Estoy seguro de que tu padre conoce tus habilidades y sabe qué puedes aportar a esta investigación, que es tan importante para él.

Yamil miró tristemente a Enrique y, sin querer, habló subiendo el tono:

–¡Estoy harto de Almagesto! Este lugar es lo único que le importa a mi padre. Ni mi madre, ni mis hermanos ni yo podemos competir con eso. Desde que he nacido, siempre he estado escuchando lo preocupado que estaba con las negras sombras que se extienden sobre este sitio.

–¿Y cómo es que nadie sabe que tú eres su hijo? ¿O sí lo saben?

–Únicamente Sara, porque es muy amiga de mis padres. Ningún otro venerable conoce a mi familia y, por supuesto, nadie sabe que yo soy hijo de Manuel y que estoy aquí para "infiltrarme" en el supuesto grupo de los eruditos.

–¿Y crees que a tu padre le parecerá bien que me lo hayas contado?

–En este momento, me da exactamente igual. Si Almagesto debe desaparecer yo no voy a impedirlo. Me gustaría saber quién quiere destruirlo porque me ofrecería de inmediato a ayudarlo. ¡No soporto más esta loca obsesión de mi padre!

Se quedaron muy callados.

–¿Y tú crees que tu padre tiene pruebas de que nosotros somos el grupo de los eruditos?

–Quizá solo tiene la esperanza de que lo seamos. Ha atado cabos, analizando la trayectoria de cada uno de vosotros, y ha movido los hilos para que coincidamos. Se supone que todo lo demás deberíamos hacerlo nosotros.

–Si yo fuera tú, guardaría en secreto lo que me has contado... Por lo menos, de momento –aconsejó Enrique.

–Tienes razón. Necesitaba hablar con alguien y me he alegrado de que tú estuvieras despierto. Eres muy tranquilo y también reflexivo, no te dejas llevar por impulsos. Siento haberte bombardeado con mis "comeduras de tarro", necesitaba compartir mi secreto con alguien que me inspirara confianza.

–Te agradezco que me consideres así –murmuró Enrique bajando los ojos–. No le diré a nadie lo que me has contado hoy.

Yamil bostezó.

–Creo que esta confesión me ha dado sueño. Es muy tarde y, seguramente, mañana estaremos como piltrafas si no nos acostamos ya.

Entraron de puntillas y se metieron en la cama. Instantes después, estaban dormidos.

La mañana siguiente pasó con rapidez. Cada uno asistió a sus clases y no les quedó ni un solo instante para reunirse.

Después de comer salieron a caminar por los alrededores de Almagesto. Yamil se mostraba extrañamente parlanchín.

–A ver, decidme si creéis de verdad que Almagesto sufre una amenaza de las fuerzas del mal. ¿Y qué le puede importar eso al resto de la humanidad? ¿Es que se va a acabar el mundo si desaparece la energía de este sitio? Todo tiene un final, ¿no?

Pues, a lo mejor, ha llegado la hora de que este sitio se convierta en una leyenda sin más.

La mayoría de los miembros del grupo se volvieron hacia él y lo observaron como si fuera extraterrestre.

–Es posible que tú no sientas todo esto como algo tuyo –rebatió Rodrigo–, pero, si desapareciera, creo que me produciría un gran disgusto.

–Yo no lo conocía antes de venir –ratificó Lalo–, pero ahora presiento que este sitio podría tener una enorme importancia en mi vida.

–Os estáis dejando llevar por pensamientos irracionales –contraatacó Enrique con una sonrisa burlona en sus labios–. Esto es solo un edificio viejo; eso sí, muy espectacular. Pero nada más.

Se habían acostumbrado al escepticismo de Enrique y ninguno quiso rebatir su argumento. Solo hicieron algunos gestos como de hastío y dejaron que la conversación se viniera abajo sin más.

Buscaron una sombra y se tumbaron sobre la hierba. Berta y Jaime se colocaron juntos bocabajo, un poco más lejos. La niña habló en primer lugar:

–Estoy un poco harta de la actitud de Enrique. No hace más que oponerse a todo y frena cualquier intento de avanzar.

–Tiene un carácter serio y un pensamiento muy práctico: todo lo que no es tangible, *tocable* o *contable* no existe para él –valoró Jaime–. De hecho, es tan concreto que, en muchas ocasiones, es incapaz de comprender las bromas o los chistes que tienen un doble sentido.

–Bueno, quizás sea por su carácter, pero deberíamos contrarrestarlo con un poco de ímpetu, ¿no te parece?

—Es posible que tengas razón –concluyó Jaime mientras miraba a lo lejos, más allá incluso de las montañas que los rodeaban.

—¡Mirad! –exclamó de repente Stefka–. Por allí viene el Venerable Luis. Quizás sea un buen momento para contarle lo que sabemos y lo que nos tememos.

Se volvieron hacia donde indicaba la niña.

Berta y Jaime se miraron. De inmediato se dieron cuenta de que ninguno de los dos estaba convencido de que fuera buena idea hablar con él, pero no dijeron nada. Se limitaron a esperar la reacción de los otros.

—A mí me parece bien –indicó Ana–. Ya es hora de que sepamos qué ocurre a nuestro alrededor.

—Yo creo que es buena idea –ratificó Enrique–. Lo voy a llamar.

Enrique se levantó de un salto y fue al encuentro del preceptor. Hablaron durante unos instantes y, poco después, ambos se dirigieron hacia el grupo.

—Buenas tardes, chicos –saludó Luis–. Enrique me ha dicho que queréis hablar conmigo.

Se sentó en el suelo y los demás se arremolinaron en torno a él en absoluto silencio.

Luis recorrió con la vista las caras serias de los chicos. Se detuvo en Enrique y esperó pacientemente a que alguno de ellos se decidiera a romper el hielo.

—Hemos hecho descubrimientos inquietantes sobre este sitio –comunicó Enrique con voz grave–. Creemos que corre un serio peligro.

El gesto de Luis se contrajo como si hubiera recibido un puñetazo en plena cara. Intentando mantener el sosiego, habló en voz baja.

–¿De qué estáis hablando? ¿Qué locura es esa? –preguntó en tono muy serio, casi irritado.

Cada uno de ellos fue narrando una parte de la historia. Todos intervinieron, excepto Yamil, que permanecía en segundo plano.

Rodrigo contó lo que había leído en el libro escrito en braille, Lalo mostró la nota que había encontrado y Stefka habló de lo que habían averiguado sobre el medidor de energía que estaba en la torre Norte. Jaime no hizo ningún comentario sobre el cuadrado mágico de la puerta y ninguno de los demás sacó el tema.

Mientras escuchaba, Luis movía la cabeza de un lado a otro con incredulidad. Pero no dijo nada hasta que los chicos acabaron.

–Es absurdo –afirmó, visiblemente contrariado–. Todos esos cuentos de niños no se han podido demostrar nunca. Y vosotros no deberíais perder vuestro tiempo en esas tonterías. Nadie sabe dónde se encuentran, o se encontraban, las piedras, si es que han existido alguna vez.

Lalo se iba indignando a medida que oía a Luis tratarlos con tanto desdén, así que contraatacó:

–¿Y cómo explicas el hecho de que este lugar se vaya apagando día a día?

–No puedo explicarlo –reconoció el venerable–. Pero, para mí, no tiene ninguna validez una explicación basada en la "magia" de unas piedras que nadie ha podido ver.

Jaime intervino entonces:

–En este lugar, todo el mundo puede dedicarse a la investigación y al estudio, ¿no es así?

–Sí –contestó Luis secamente.

—Bien, pues yo me quiero dedicar a escribir la historia de Almagesto, ¿te parece bien?

—No lo sé. Imagino que necesitaríais un permiso —dudó el venerable.

—Pues lo pediré —sentenció Jaime, levantando la barbilla con aire desafiante.

Berta se adelantó:

—Yo quiero colaborar con él —se adelantó Berta.

—Vale —concluyó Luis—. Estoy dispuesto a apoyar vuestro disparatado plan si sois capaces de convencerme de que existen las famosas piedras angulares y de que Almagesto se encuentra de verdad en peligro. Si lo conseguís, yo mismo os acompañaré a ver al Venerable Manuel para contárselo todo.

Lalo y Rodrigo avanzaron un paso.

—Nosotros también queremos investigar con ellos.

—Y yo —se ofreció Ana.

—¿Quién tiene que autorizarnos? —preguntó Jaime.

—Yo mismo puedo hacerlo —dijo Luis, cambiando radicalmente su comportamiento—. Aquí no hay lugares prohibidos, así que podéis recorrer todo el complejo sin limitación. Intentad que nadie sepa lo que estáis haciendo. Si en algún momento tenéis problemas y no os queda más remedio, decid que yo os he autorizado a investigar... Y mantenedme informado, minuto a minuto, de los avances que consigáis, para que yo lo supervise.

—¿Y por qué tanto secreto, si se puede saber? —preguntó Lalo con evidente irritación.

—Pues porque no quiero que nadie en Almagesto piense que me he vuelto loco al confiar en un grupo de críos pretenciosos —respondió Luis iracundo.

–¿Críos pretenciosos? –repitió Berta visiblemente molesta.

Jaime apretó su mano para impedir que continuara hablando.

–Tranquila. Veremos en qué acaba todo esto –susurró.

El Venerable Luis se dirigió a los chicos de nuevo:

–No creo que haya ningún peligro en esto que vais a hacer, pero si tenéis la más mínima duda, avisadme y no sigáis por vuestra cuenta. Hablaremos uno de estos días.

Hacía un terrible bochorno otra vez y ninguno tenía ganas de comentar la conversación con Luis.


Cuando salían de la clase de Lecturas guiadas, Ana propuso:

–¿Un bañito?

–¡Qué buena idea! –exclamó Berta.

Uno por uno, fueron acercándose a la orilla del lago. Y pronto el grupo al completo nadaba y jugaba en el agua armando un gran barullo.

A las seis y media salieron del agua y se tendieron al sol para secarse. Cuando faltaban cinco minutos para que dieran comienzo los talleres, entraron en Almagesto.

Yamil caminaba solo delante del grupo. Enrique se acercó a él y comentó:

–¿Te parece bien que me haya anticipado a hablar con Luis? He aprovechado que Stefka lo había propuesto. Después de lo que me contaste anoche, no podíamos arriesgarnos a que otro miembro del grupo decidiera hablar con tu padre.

–Muy bien pensado –ratificó Yamil–. Así, de momento, podremos estar seguros de que mi padre no se enterará de todo esto.

–Si cambias de idea y quieres contárselo...

–No, de ninguna manera. No me apetece que piense que me ha ganado para la causa de Almagesto. Si hay algo de cierto en lo que hemos averiguado prefiero mantenerlo en secreto hasta que pueda demostrarlo.

Lalo caminaba meditabundo junto a Rodrigo y Ana y, de pronto, preguntó:

–¿No os ha parecido extraño el comportamiento de Luis? Cuando le contamos lo que sabemos nos tacha de insensatos, y cuando le decimos que queremos investigar nos autoriza sin más.

–¿Y por qué va a ser extraño? Que nosotros investiguemos es siempre rentable para él –afirmó Rodrigo–. Si no descubrimos nada habrá conseguido que dejemos esta historia sin necesitad de imponerse; y si avanzamos, se lo contaremos y él quedará como el venerable que dio el primer paso para salvar Almagesto.

–Es verdad –ratificó Ana–. Hagamos lo que hagamos, él gana.

–¿A qué talleres os habéis apuntado? –preguntó Jaime, que caminaba junto a Berta y Stefka.

–Yo hoy iré a cocina –anunció Enrique sonriendo–, espero que me enseñen a hacer algún postre rico.

–Y yo a biblioteconomía otra vez –dijo Rodrigo–. Ahora que nos han autorizado a investigar creo que debo obtener toda la información posible.

–Pues yo a mantenimiento del edificio –explicó Lalo–. Me apetece explorar los entresijos de este lugar. Creo que también puedo aportar datos a nuestra investigación.

–Yo iré a pintura –interrumpió Stefka–. No sé a vosotros, pero a mí me vendrá bien hacer algo que me ayude distanciarme un poco de este tema con el que andamos tan obsesionados.

Y se alejó del grupo dando grandes zancadas.

–Berta y yo vamos ver qué se hace en el taller de restauración –concluyó Jaime.

Se desperdigaron para dirigirse a los talleres.

Tal vez fuera por la tensión que de repente se había apoderado del grupo, pero ni siquiera se despidieron.

# CAPITULO 11
## Luz sobre Almagesto

Los chicos que se habían apuntado en el taller de mantenimiento del edificio estaban convocados en la puerta de la torre Norte. La Venerable Sara dirigía grupo.

En los primeros pisos de la torre estaba el comedor y las aulas.

Sara llegó a las siete en punto y saludó a los chicos y chicas que la estaban esperando.

–Hola, creo que estamos todos. ¡Sois, nada menos, que diez! –exclamó mostrando alegría–. Subiremos a la azotea. Os contaré un poco de la historia de este lugar y, a continuación, asignaremos las tareas.

Iniciaron el ascenso. La escalera que llevaba a la azotea era helicoidal y ascendía pegada al perímetro de la torre, igual que las rampas que comunicaban los diferentes niveles de la biblioteca. Al apoyarse en el pasamanos, Lalo pudo ver que la pared estaba decorada con primorosas figuras geométricas de colores, algunas de las cuales estaban desconchadas o habían perdido el color. "Este será uno de los trabajos que tendremos que hacer, creo yo", pensó el chico.

Subían en silencio, fijándose en cada detalle. Podían entrever los interiores de las salas porque la parte alta de cada una de ellas estaba bordeada de cristales traslúcidos. Cada tres tramos de escaleras había un descansillo con una puerta que daba paso a una sala.

Cuando habían subido, más o menos, hasta la mitad de la torre, Sara se paró en uno de los descansillos y abrió la puerta.

–Os enseñaré las cámaras de meditación. Seguidme.

Entraron en una sala que tenía forma de medio óvalo. No era un aula como las que ya conocían y estaba escasamente amueblada. Solo había en ella algunas mesas individuales, con lámparas y con sillas de madera oscura, y también algunos cojines repartidos por el suelo. Pegada a la pared había una mesa semicircular y, bajo ella, en el suelo, hecha con incrustaciones de madera de diferentes colores, una rosa de los vientos.

Lalo la observó con interés y llegó a la conclusión de que era igual que la de su habitación. En la pared, sobre la mesa semicircular y enmarcándola, había un fresco con la imagen de Almagesto. Tenía un gran tamaño y no estaba demasiado bien conservado. Lalo decidió que, en algún momento, volvería a esa sala y estudiaría la imagen.

A un metro y medio, más o menos, a la derecha de la mesa, había una puerta. Sara la abrió dejando al descubierto un reducido espacio, al fondo del cual había otra puerta.

Lalo calculó que la distancia que separaba ambas puertas era de poco más de un metro. "No debe ser muy agradable quedarse encerrado en este cuchitril con las dos puertas cerradas", pensó el chico.

Como adivinando la extrañeza que producían en los chicos aquellas dos puertas, Sara explicó:

–Las salas se comunican con dos puertas para conseguir un total aislamiento de los ruidos. Recordad que se trata de cámaras de meditación.

Luego, avanzó y abrió la segunda puerta.

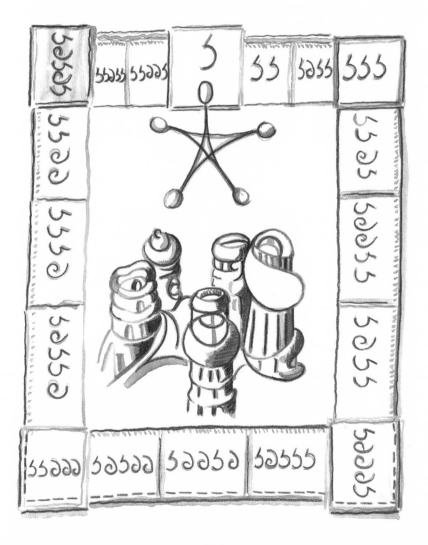

La siguiente estancia era casi simétrica a la primera. Sara caminó hasta el centro de la sala y se dirigió al grupo.

–Una antigua leyenda de Almagesto cuenta que esta torre y las salas que hay en ella son lugares con una energía muy especial. Aquí se agudizan los sentidos y la mente. En ocasiones, cuando alguien viene a este lugar porque lleva tiempo buscando la solución a un dilema, con unas pocas horas de meditación halla el camino que debe seguir.

–¿Y tú has experimentado la presencia de esa energía en alguna ocasión? –preguntó Lalo.

Sara dudó un momento antes de responder:

–Pues creo que sí... Pero no estoy segura de que haya sido el espíritu de esta torre el que ha resuelto mis problemas.

Lalo abrió la boca para volver a preguntar, pero los comentarios de los otros chicos se elevaron inundando la silenciosa sala.

Sara hizo una seña para indicar que fueran saliendo.

–Solo os estoy comentando algunas de las historias que se cuentan sobre este sitio –explicó sonriendo mientras cerraba la puerta–, no digo que sean ciertas.

Continuaron el ascenso hasta la azotea.

Las vistas eran espectaculares desde aquel altísimo mirador que estaba cerrado con cristales curvos. Los rayos del sol del atardecer los atravesaban y se descomponían en infinidad de reflejos de colores. Protegiendo los cristales, había una cúpula de grandes dimensiones y de considerable altura que se apoyaba en el suelo la azotea sobre cinco altísimas columnas de mármol.

–Ahora, por favor, mirad hacia arriba –indicó Sara en tono misterioso.

–¡Oh! –se escuchó de repente.

En la parte cóncava de la cúpula estaba impreso el símbolo de Almagesto, trazado con líneas doradas. Las pequeñas elipses de sus vértices eran como lámparas, aunque solo una de ellas estaba encendida: la que apuntaba directamente al norte.

–¿Están fundidas las otras cuatro lámparas? –preguntó alguien del grupo.

–No lo sabemos –tuvo que admitir Sara–. Además, tampoco hemos sido capaces de llegar al foco de luz que está encendido.

Lalo estaba fascinado con las explicaciones. "Esa luz representa la piedra de la torre Norte, y las otras cuatro, las que están apagadas, indican que las otras cuatro piedras no se encuentran en su lugar, estoy seguro", pensó el chico. Casi no podía esperar a que acabara el taller para compartir sus descubrimientos con los otros, porque ahora sí tenía pruebas de que sus peores augurios podrían ser ciertos.

–El objetivo de nuestro taller es realizar unas pequeñas obras de restauración en esta torre –anunció Sara–. Pero no creo que podamos terminar todo lo que nos han encomendado en una o dos sesiones. Así que, si tenéis interés en acudir a otros talleres, pensad que este puede llevarnos dos semanas de trabajo o más.

Un par de chicos murmuraron entre sí. Luego, uno de ellos levantó la mano para pedir la palabra.

–Nosotros nos habíamos inscrito en el taller de cerámica la semana próxima. Si quieres, podríamos trabajar aquí durante un par de días y, luego, cambiaríamos de taller. ¿Es mucho problema?

—No, por supuesto que no. Hay algunas tareas que se pueden realizar en menos tiempo —indicó Sara. Y, luego, se dirigió al resto—. Pero otras necesitan más dedicación. Así que tendréis que comprometeros a empezar y terminar.

—Yo puedo comprometerme —anunció Lalo con entusiasmo.

—Y yo —dijo una voz femenina detrás de él.

Todos los demás se ofrecieron a trabajar también hasta terminar por completo.

Sara fue repartiendo las tareas. A casi todos los distribuyó en parejas, excepto a la chica que se había ofrecido a la vez que Lalo y a él mismo, que trabajarían en solitario.

Los trabajos eran muy diversos: barnizar los zócalos de las escaleras, tratar la humedad en la parte inferior de algunos muros, limpiar y nutrir con aceite las extraordinarias puertas de madera que daban paso a las salas y restaurar las figuras de la pared que había junto a los pasamanos de las escaleras.

—La restauración de las figuras de la escalera es una tarea complicada —afirmó Sara poniendo su mano sobre el hombro de la jovencita—, pero me han dicho que tú, Irene, eres una gran artista, así que nadie lo hará mejor. No hemos podido buscarte un compañero o compañera, porque no hay muchos artistas por aquí.

Irene se encogió de hombros y miró hacia abajo. Se había puesto muy colorada.

Sara explicó a cada uno dónde debían buscar los materiales necesarios para realizar el trabajo que les había encomendado. Mientras tanto, Lalo esperaba pacientemente a recibir instrucciones.

Cuando todos los demás ya se habían marchado, Sara se dirigió a Lalo.

–El Venerable Manuel me ha dicho que tienes una visión espacial excepcional.

Lalo se revolvió un poco incómodo y contestó sonriendo de medio lado:

–No sé, me parece que Manuel tiene demasiada confianza en mis capacidades. De hecho, tiene más que yo mismo.

–Vamos a la sala de meditación y te contaré en qué va a consistir tu trabajo durante las próximas semanas.

Entraron a la sala que habían visitado minutos antes y Sara se paró frente al fresco de Almagesto.

–Tenemos mucho interés en archivar y organizar toda la información que poseemos sobre Almagesto.

En ese momento, Lalo estuvo a punto de interrumpir a Sara y contarle la conversación que habían mantenido con Luis, pero no lo hizo. Era algo que concernía a todo el grupo y, además, deseaba asegurarse antes de hablar. No obstante, Sara le transmitía buenas vibraciones. Estaba seguro de que era de fiar.

La mujer lo sacudió por el brazo.

–¿Me estás escuchando?

–Sí, sí. Por supuesto.

–Te estaba diciendo que este fresco es muy antiguo, aunque no sabemos en qué fecha exacta fue realizado. Como ves, tiene un gran número de detalles. Tu tarea consistirá en sacar fotografías de esta imagen. Tendrás que tomar encuadres generales y también primeros planos para descubrir detalles que no se puedan apreciar a simple vista y que contribuyan a ampliar el conocimiento que tenemos de este lugar.

—No tengo una cámara con la resolución necesaria para obtener esas imágenes sin flash –replicó Lalo.

—No te preocupes por eso –le tranquilizó Sara–. Contarás con un buen equipo. Tendrás, incluso, difusores para proyectar iluminación indirecta. –Pero su misión no terminaba aquí, y la venerable continuó describiendo la tarea que él tendría que realizar–: También tendrás que documentar esas imágenes con fotografías del edificio, para contrastar qué cambios se han producido desde que se realizó el fresco hasta nuestros días y, en la medida de lo posible, formular una hipótesis de la fecha de creación. Por último, necesitamos que obtengas una impresión en papel del fresco.

—Y esto último, ¿cómo esperas que lo haga? No me parece que sea una buena idea colocar un papel sobre el fresco y calcar, porque podría deteriorar el original más aún de lo que ya está.

—Veo que sabes de lo que hablas y me tranquiliza que seas tan cuidadoso –manifestó Sara–, Manuel estaba en lo cierto: eres la persona adecuada para llevar a cabo este delicado trabajo. Espero que con las fotografías, con un ordenador y con algunos cálculos, puedas obtener imágenes exactas sin tener que tocar físicamente el fresco.

—Me parece que también habría que restaurarlo un poco –se aventuró a proponer Lalo.

Sara le guiñó el ojo:

—Vamos a ver qué trabajo realiza Irene con las decoraciones de los pasamanos. A lo mejor, ella misma puede hacerlo.

Bajaron al aula de la primera planta, donde se encontraban todos los aparatos que Lalo iba a necesitar. El chico recogió el equipo y emprendió la subida, cargado de bultos, mientras observaba a los otros que ya trabajaban en las tareas que les habían correspondido.

Lalo se instaló en la sala de meditación. Se sentía entusiasmado con el trabajo que iba a realizar. Encendió el ordenador portátil y probó si había conexión a Internet. La señal era débil, pero suficiente para conectarse a su cuenta de Spotify. Puso música y empezó a desplegar trípodes, paraguas difusores, focos y los cables para conectar entre sí los dispositivos.

La mesa semicircular estaba pegada a la pared y no se podía mover. El metro largo que tenía de radio impedía al chico acercarse al fresco todo lo que hubiera querido, pero, por suerte, iba a realizar unas fotografías muy detalladas de cada parte y eso le permitiría estudiar la imagen.

Apenas había terminado de montar el "operativo" necesario para empezar a trabajar cuando sonó la campana que anunciaba la cena.

Sara le había indicado que no hacía falta que recogiera y desplegara todos aquellos artilugios cada día, porque la sala de meditación permanecería cerrada a cualquier otra actividad mientras él estuviera trabajando allí. Así que se aseguró de que no dejaba ningún aparato conectado a la electricidad y se lanzó escaleras abajo a toda velocidad. Llegó al comedor al mismo tiempo que Rodrigo.

–¿Qué tal en la biblioteca? –preguntó Lalo.

–Pues bastante bien. Parece que los únicos libros que cuentan con detalle la historia de este lugar son los que están escritos en braille. Es muy curioso. ¿Y tú, qué tal?

–Estoy encantado. Me han encomendado el estudio de un antiguo fresco de una sala de meditación. Creo que va a ser todo un descubrimiento.

–Te veo *on fire* –bromeó Rodrigo.

–Sí, además he averiguado algo que creo que es importante. Pero no sé si lo voy a compartir con los demás –comentó Lalo bajando la voz–. A ti te lo explicaré cuando estemos solos un momento.

–Gracias, Lalo. Me hace mucha ilusión que confíes en mí.

Jaime se aproximó a ellos.

–¿Qué tal la tarde?

–Ha sido interesante –afirmó Rodrigo–. Luego os contaré algunas cosas que he leído.

Jaime se volvió hacia Lalo, preguntando con la mirada.

–También muy bien –manifestó el chico–. Tengo que documentar un fresco interesante. Espero obtener información que nos sirva para saber a qué está pasando de verdad.

Lalo quiso saber cómo era el taller de restauración y Jaime se lo resumió en pocas palabras:

–Estamos trabajando en la biblioteca. Nos han asignado unas cuantas estanterías a cada uno y tenemos que sacar los libros, limpiarlos y examinarlos para decidir cuáles de ellos necesitan arreglos. También comprobamos el tejuelo y el registro. Luego, antes de ponerlos en su sitio de nuevo, limpiamos las estanterías y las arreglamos si están desvencijadas o rotas. No está nada mal, hay libros increíbles.

Se detuvo un momento y, de improviso, exclamó:

–¡Qué hambre! Hasta ahora no había sido consciente de que estoy canino.

Se acomodaron en la mesa que solían ocupar y comenzaron a charlar sobre temas sin importancia.

El Venerable Manuel se acercó a ellos. Enrique se fijó en que Yamil desviaba la mirada para no encontrarse directamente con la de su padre.

–¿Qué tal el día? –se interesó el hombre.

–Bien, muy bien –respondió un murmullo colectivo.

–¿Y tú, Lalo? ¿Qué tal tu trabajo en la torre Norte?

–Pues no he podido empezar, porque Sara nos ha contado algunas historias sobre Almagesto y, luego, solo en montar los aparatos he tardado más de una hora.

–Bueno, tienes tiempo para hacerlo con tranquilidad –valoró Manuel con ese modo de hablar que irradiaba paz–. Seguro que te sorprenderá descubrir toda la información que puede proporcionar ese antiguo fresco.

Lalo se esforzó para no mostrar la sorpresa que le producían las palabras de Manuel.

A continuación el venerable se dirigió a Rodrigo:

–¿Y tú en la biblioteca?

–Fenomenal –afirmó el chico–. Nunca había visto una colección de libros en braille como la que hay aquí.

–Y, además, algunos de ellos no podrás encontrarlos impresos de ningún otro modo. Tienes una gran oportunidad para investigar.

Sin más, se despidió con una ligera inclinación de cabeza y se alejó.

Los chicos lo miraron en silencio.

–Yo, cada vez que oigo hablar a este hombre, tengo la sensación de que entre sus palabras hay mensajes ocultos –afirmó Berta.

–No eres la única –concluyó Yamil–. Manuel es como el *hombremisterio*.

Los demás lo miraron extrañados, pero solo Enrique supo cuál era el auténtico significado de sus palabras.

# CAPITULO 12
## Sombras de misterio

Como solían hacer, después de la cena salieron a caminar. Sin embargo, aquella noche, suspendidos en el aire, flotaban más secretos que confesiones.

Yamil no pensaba contar que era el hijo de Manuel; Lalo no quería mostrarse aún muy optimista sobre su hipótesis de que el símbolo que había en la cúpula era en realidad el medidor de energía, Rodrigo se guardó algunos datos sobre las lecturas que había realizado y Jaime no tuvo la sensación de poder aportar nada nuevo.

Así que la conversación decayó en poco tiempo y pronto se fueron cada uno por su lado.

Jaime se acercó a Berta.

–¿Puedes venir un momento? –preguntó el chico en voz baja, con tono grave.

–Claro –respondió ella–. Me gustaría pasear un ratito antes de subir a la habitación.

Ana llamó a su amiga desde lejos:

–¿Vienes?

—No, me quedo todavía un poco más.

—Pues vale. Por mí os podéis ir a hacer manitas como dos tontos —farfulló Ana con tono airado.

Jaime miró a Berta.

—¿Qué le pasa a esa? —preguntó.

—Pues, si te tengo que decir la verdad, no tengo ni idea —opinó la chica.

—¿Es posible que tenga celos?

—¿Qué dices? —preguntó Berta mirándole asombrada.

—No sé. A lo mejor está así porque cree que tienes demasiado protagonismo.

—¡Eso es un disparate! Somos amigas desde pequeñas. Quizás ella tenía la esperanza de que estuviéramos todo el día juntas y yo ando algo desperdigada y no respondo a sus expectativas.

—Bueno. Yo no te he pedido que vinieras para charlar sobre Ana, que es lo que menos me interesa en el mundo —interrumpió Jaime cortante—. Quiero decirte que me gustas mucho y he pensado que, a lo mejor, tú también te sientes atraída por mí.

Berta se quedó estupefacta. Vaya manera de declararse a alguien. Cuando salió de su asombro, sonrió abiertamente, tomó la cara de Jaime entre sus manos y se acercó a él con suavidad. Luego, depositó en sus labios un beso dulce y cálido; largo y pausado.

Tras unos instantes, ella se apartó y Jaime la miró con una sonrisa bobalicona. Cuando reaccionó, la tomó entre los brazos y la besó de nuevo, con ímpetu, con ganas, con ternura...

—¡Qué poquita cosa eres! —bromeó el chico estrechando aún a la jovencita en sus brazos.

–Mira *Superman* cómo presume –ironizó Berta.

Disfrutaron tranquilamente de sus primeros momentos de intimidad; sin apresurarse, explorando intensamente las primeras miradas y caricias.

Se habían alejado más que otros días de Almagesto. Llegaron junto a una enorme roca que estaba a la orilla del lago y se sentaron en ella, admirando la silueta del majestuoso edificio que se recortaba en el cielo.

–Deberíamos irnos ya –observó Berta.

La chica echó a andar delante y luego se paró; se volvió y tendió su mano a Jaime. Él se acercó, le echó el brazo por encima del hombro y buscó sus labios para besarla otra vez.

Entre risas tontorronas, caminaron hacia el puente.

Entraron en el edificio sin cruzarse prácticamente con nadie. Tampoco vieron a ninguno de los otros miembros del grupo.

Llegaron a la entrada de la habitación de Berta y se despidieron. Ella entró sin hacer ruido y cerró la puerta. Sin volverse, apoyó la frente en la tibia madera. El corazón se le salía del pecho. Jaime era el chico más atractivo que había conocido, ¡y ella le gustaba! Seguía flotando en sus pensamientos cuando Ana la habló en tono desabrido:

–¡Vaya compañía que he elegido para este viaje! ¿Te vas a dedicar el resto del verano a hacerte cucamonas con ese chino?

–¿Pero qué estás diciendo? –contraatacó Berta saliendo de su ensoñación–. ¡No es chino, es nepalí! ¿Y se puede saber qué te está pasando? Tú no eres así, Ana.

–Está claro que tú no sabes cómo soy.

Ana se dio la vuelta y entró en el baño. Berta se quedó de pie, con las manos abiertas y tendidas hacia adelante, como esperando que una explicación lógica cayera en ellas.

Las otras chicas se hacían las despistadas, recogían sus cosas, arreglaban las colchas, colocaban las zapatillas a los pies de sus camas... Al cabo de unos minutos Ana salió del baño y, sin mirar siquiera a su amiga, se metió en la cama resoplando. Berta se sentía fatal: ¿por qué tenía esa congoja si aquel había sido uno de los días más maravillosos de su vida? ¿Por qué Ana tenía que vapulearla de ese modo?

Recapituló lo que había sido la amistad de ambas y, sin poder evitarlo, recordó lo que Jaime había dicho un rato antes. Intentó apartar esa idea de su cabeza, pero no lo consiguió. La idea se quedó girando alrededor de su mente como un satélite.

Cuando salió del baño, las otras chicas estaban en sus camas y parecían dormidas. Ella se sentó en el borde de la cama, con los hombros echados hacia delante, como arrugada. Después de un tiempo en la misma posición supo que no iba a poder dormir y decidió salir al descansillo. Necesitaba moverse un poco sin molestar a ninguna de sus compañeras.

Llevaba un rato recorriendo el rellano arriba y abajo, cuando oyó un ruido más arriba. No sabía si estaba prohibido permanecer allí por la noche, así que decidió ocultarse en el recodo que formaba la puerta de su habitación. No quería ganarse una reprimenda por estar fuera del dormitorio.

Desde su escondite pudo ver a Yamil, que bajaba la escalera moviéndose como un felino, silencioso y ágil. Estaba todo muy oscuro, pero se notaba que él conocía al dedillo cada recoveco. Le pareció extraño que se aventurara fuera de la torre por la noche. Berta estaba segura de que algo muy importante se traía entre manos y decidió averiguarlo.

Salió al patio detrás de él y vio que se dirigía a la derecha, a la torre de la biblioteca. El chico entró, subió las escaleras rápidamente y llegó a la puerta. La empujó suavemente y abrió. Desde el último tramo de escaleras, Berta pudo ver a Manuel, que estaba de pie justo delante.

Tuvo que poner cuidado para que la luz que salía de la sala no la alumbrara.

"Ojalá no cierre la puerta", pensó la chica.

Manuel sonrió al ver a Yamil.

–Llevo varias noches esperándote, hijo.

Berta casi se cae de espaldas al escucharlo.

Los dos se sentaron en los sillones que estaban en el centro de la sala y comenzaron a hablar.

Berta aprovechó para subir el último tramo de escaleras y ocultarse detrás de la puerta. Por la rendija podía ver el interior.

–No he podido venir a verte antes. Lo siento –se disculpó Yamil.

–¿Has hecho lo que te dije?

–Sí. Pero no estoy seguro de que sea él.

–Pues por eso tenemos que probar. Si él es el infiltrado, se mostrará excesivamente interesado en ayudarte e intentará por todos los medios obtener información de ti. Y lo más doloroso para mí es que alguien aquí dentro le da cobertura.

–Esa afirmación es arriesgada. Nadie te creería.

–Ya lo sé. Pero creo que todo lo que ocurre está relacionado también con la muerte del anterior Guardián.

–¡Tienes más imaginación que todos nosotros juntos! –exclamó el chico.

–No son imaginaciones mías, te lo puedo asegurar. Por eso te pedí que hicieras ese teatro. ¿Ha habido algún avance en vuestras investigaciones?

El Venerable Manuel miró a su hijo y esperó pacientemente su respuesta. Yamil se revolvió en la silla. Estaba inquieto, porque no sabía si lo que iba a decir estaba basado en hechos o era un producto de su propia ansiedad.

Dudó un momento, pero luego decidió expresar su opinión:

–Yo creo que el infiltrado es Jaime. Es desconcertante y arisco. Nunca se sabe qué está pensando.

Berta no pudo evitar lanzar un gemido de sorpresa. Pero no la oyeron, porque continuaron hablando sin hacer ningún comentario.

–Su padre y su madre son miembros destacados del Consejo de Almagesto –afirmó Manuel–. No creo que él se haya convertido sin más en un traidor. No obstante, si nuestra pequeña trampa no da resultado, tendremos que tender la red en otra dirección. Y, entonces, le lanzaremos a él el anzuelo.

Yamil bajó la cabeza. Había llegado a congeniar bastante con Enrique y le costaba trabajo pensar que podía tener una doble cara. Se resistía a contar a su padre algunos detalles que había observado desde que se había producido la conversación en la escalera. Como no estaba decidido, pensó que podría indagar durante algún tiempo más y, cuando estuviera seguro de cuál era la posición de Enrique en aquel jaleo, se sinceraría completamente.

—¿Hay algo más que me quieras contar? —preguntó el Venerable Manuel a su hijo.

Yamil dio un respingo en su asiento.

—No, no. Nada más.

—Bien. Pues entonces, ve a dormir. Pronto habrá grandes novedades.

La última afirmación de su padre llamó la atención del chico:

—¿Novedades?, ¿qué novedades?

—No te lo puedo decir. Yo también debo guardar algunos secretos hasta estar seguro de que los puedo compartir contigo. —Y le guiñó el ojo.

—Odio que hagas eso, papá. ¿Por qué piensas que hay algo que te oculto?

—¿No es así? —dijo Manuel sin inmutarse—. Pues mucho mejor. Pronto sabrás cuáles son esas novedades. Y, ahora, buenas noches, hijo.

Berta tuvo el tiempo justo de lanzarse escaleras abajo para evitar que Yamil la descubriera.

El chico salió enfurruñado de la biblioteca y abstraído en sus pensamientos. De buena gana hubiera dado un portazo para mostrar su disgusto. Su padre le desesperaba, sobre todo cuando utilizaba con él sus impresionantes capacidades para reconocer los sentimientos y emociones de los demás. ¡Qué difícil era engañarlo u ocultarle cualquier cosa! ¡Cuánto le gustaría en ocasiones tener un padre menos excepcional!

Al salir al patio percibió una sombra que se movía a su izquierda. Se ocultó en la penumbra y esperó para comprobar si lo que había creído ver había sido una nube inoportuna que había cubierto parcialmente la luna o si era, como sospechaba, alguien que lo había seguido hasta allí.

Pudo confirmar de inmediato que una silueta humana se deslizaba, ocultándose entre las sombras, en dirección a la torre de las habitaciones.

Yamil avanzó todo lo deprisa que pudo. Necesitaba saber a quién correspondía aquella sombra indiscreta.

Entró en la torre. Su fino oído identificó el sonido de una puerta que se cerraba. Le pareció extraño que el desconocido hubiera sido capaz de llegar tan rápido a su habitación.

Subió despacio. Llegó a su dormitorio. Abrió la puerta y, como había imaginado, todo estaba en silencio. Un suave cuarteto de respiraciones sonoras y acompasadas lo recibió.

De momento le iba a resultar imposible averiguar quién lo había seguido aquella noche.

# CAPITULO 13
## El resplandor de las dudas

Berta se despertó al menos cien veces a lo largo de la noche. Pensaba en Jaime y le escocía su falta de confianza. No obstante, entendía que no podía sincerarse con ella sin más, aunque estuvieran tonteando. Al fin y al cabo, hacía poco que se conocían y lo que ocurría en Almagesto era gravísimo; tan grave como para desconfiar de cualquiera.

Sonaron las campanas que anunciaban la hora de levantarse. No sabía bien cómo iba a afrontar la situación, pero ella era directa y sincera y necesitaba hablar con Jaime; también era capaz de entender las razones de los otros. Por eso confiaba en resolver la situación ese mismo día. Seguro que encontraría un momento para conversar con él.

Al salir al rellano se lo encontró. Bajaba despacio las escaleras. Berta sonrió porque se dio cuenta de que el chico se iba haciendo el remolón para dar tiempo a que ella saliera. Siguieron bajando juntos, rozando sus manos.

Él se mostraba sonriente.

–Me gustaría besarte ahora –susurró.

–Ya, pero no va a ser posible –replicó ella con media sonrisa–. Además, tenemos que hablar y, dependiendo de lo que me digas, quizás no vuelvas a besarme nunca.

Él se paró en seco. Su gesto se tornó en una mueca de disgusto.

–¿Pero qué estás diciendo?

–Más tarde podremos charlar. Se trata de un asunto importante.

Llegaron a la explanada y se colocaron sobre sus esterillas.

Berta notó que Jaime la miraba una y otra vez con desconcierto. No quería generar en él ese desasosiego, pero también ella lo sentía, y no por culpa suya precisamente.

El tiempo se hizo largo. Luego llegó la hora del desayuno, y las clases, y la comida...

Yamil esperaba ansioso la novedad que su padre había anticipado. Pero acabaron de comer y no hubo ningún comunicado.

Salieron al exterior y, como casi todos los días, se tumbaron en la hierba. Jaime tomó la mano de Berta y tiró de ella para llevarla algo más lejos. Se sentaron bajo un árbol y Jaime esperó con notable impaciencia que ella empezara a hablar. La chica no se anduvo con rodeos.

–Tus padres son miembros del Consejo de Almagesto, ¿verdad? –lanzó sin previo aviso.

Jaime la miró con los ojos como platos. Abrió y cerró la boca varias veces, como un pez, sin emitir ningún sonido, hasta que fue capaz de hablar.

–¿Qué estás diciendo? –preguntó en un bobo intento de negarlo.

–No me mientas, por favor. Entiendo que no me lo quisieras decir antes, pero ahora que lo sé no intentes engañarme. Eres especial para mí y no quiero desconfiar de ti.

Jaime bajó los ojos y se limitó a asentir con la cabeza. Estaba sorprendido por la sensibilidad de Berta y por su sinceridad.

Pasó un rato antes de que el chico se decidiera a hablar.

–Me tienes que explicar cómo te has enterado. Es un secreto que solo conoce...

–Yamil, ¿a que sí?

–¿Y te lo ha dicho él?

–No, ha sido su padre –dijo ella sonriendo burlonamente al ver el gesto perturbado de Jaime.

–¿Me lo vas a contar todo, por favor? –pidió él en tono suplicante.

Berta se acomodó y, antes de empezar su relato, puso una condición:

–Vale, pero tú tendrás que contestar a unas cuantas preguntas con total sinceridad. ¿De acuerdo?

–Me parece justo –respondió él.

Berta narró, punto por punto, lo que había ocurrido la noche anterior: la visita de Yamil a la biblioteca, el encuentro con su padre, la trampa que habían tendido a Enrique y... las dudas que Yamil tenía sobre Jaime.

–... Y ahora necesito que me digas qué sabes tú y si hay algo de cierto en las sospechas de Yamil. Piensa bien lo que vas a contestar, porque preferiría que fueras el traidor, lo cual sería horrible, antes de que me volvieras a engañar.

Jaime se tomó un tiempo para reflexionar y, después, explicó:

–No te ocultaré nada. Pero, cuando sepas toda la verdad, estarás tan comprometida como Yamil y como yo en la defensa de Almagesto. No habrá vuelta atrás.

–Lo prometo.

–Yo no conocía a Yamil en persona ni él a mí tampoco, pero sí habíamos oído hablar el uno del otro. Su padre lo ha mantenido apartado de los grupos de chicos y chicas que suelen visitar Almagesto en verano. Sin embargo, él ha vivido aquí años enteros, por eso se siente en este lugar como en su casa.

–Sí, anoche me di cuenta de que se mueve por este sitio con una soltura increíble. ¿Tú has pasado aquí algún otro verano?

–Hace mucho tiempo, casi no lo recuerdo. Fue una vez que mis padres tuvieron que hacer de preceptores de un grupo que venía de Nepal.

Jaime tomó aire y prosiguió:

–En el Consejo de Venerables se encuentran Manuel, Sara, mis padres y algunos más que no conozco, porque en este lugar todo se lleva con mucho secreto. Desde que tengo recuerdos, he escuchado hablar de la gran amenaza que acecha Almagesto, de la importancia de dar con los eruditos, del modo en que se podría hallar y proteger la Quinta Piedra y, sobre todo, de una oscura presencia que había que identificar y neutralizar. Pero cada vez que parecía que los venerables iban a lograrlo, todo se esfumaba en sus narices. Este año, por fin, pensaron que había datos suficientes para identificar a los eruditos y reunirlos. El tiempo se estaba acabando y no podían esperar más.

–¿Y qué pinto yo en todo esto? –interrogó Berta.

–No lo sé en realidad. Pero si estás aquí, alguna razón habrá.

–Ana sería la única que podría aclararme algo pero, tal y como están ahora las cosas, no creo que pueda pedirle explicaciones

–comentó la chica con cierto tono de decepción–. Perdona que te haya interrumpido, Jaime. Sigue, por favor.

–Pues bien, Almagesto tiene un gran número de seguidores por todo el mundo. Mis padres dicen que yo pasé mi primer año en un orfanato de Nepal. Un grupo de venerables visitaron la institución y detectaron en mí altas capacidades. Avisaron a mis padres, que ya deseaban adoptar un niño, y tardaron apenas dos días en volar hasta allí para recogerme. Todo se pudo arreglar en un tiempo récord. No me contaron todo esto desde el principio, sino que me lo fueron desvelando poco a poco.

–Debe de ser estupendo cuando uno se siente tan especial, ¿no? –comentó Berta.

–Pues la verdad es que todos a mi alrededor tenían tantas esperanzas puestas en mí, que siempre sentí que defraudaba a la humanidad, hiciera lo que hiciese. Así que me convertí en un pelmazo profesional.

Berta se echó a reír.

–¡Eres genial, chico!

–El caso es que, ahora –añadió más relajado–, pienso que tengo algo importante que hacer aquí y alguien con quien compartirlo. –Miró a la chica con complicidad–. Y me gusta.

Se cogieron de la mano y Jaime continuó su relato.

–Yo sabía desde el principio que había alguien aquí que buscaba la perdición de Almagesto. Pero no creí que pudiera formar parte de nuestro grupo.

–Todo tiene sentido –reflexionó Berta–: Yo creo que los venerables lo han hecho porque si tenemos cerca al traidor será más fácil descubrirlo y chafar sus planes.

–Es cierto. Pero me duele mucho pensar que estamos compartiendo este tiempo con alguien así... –Se detuvo un instante y miró hacia abajo, con aire melancólico–. Lo que nunca llegué a imaginar era que pudieran sospechar de mí.

–Es lógico. Ten en cuenta que nadie sabe quién es quién, y esa incógnita hace que todos desconfíen, o desconfiemos, de todos. ¿Sabes algo de los demás?

–Solo tengo algunos datos sueltos de cada uno: creo que Lalo es hijo de una venerable que fue discípula de Manuel. Pero, por lo que le he oído hablar, él no tenía ni idea de lo que era Almagesto hasta que llegó aquí.

–¿Y Stefka?

–De ella no sé nada de nada –respondió Jaime encogiéndose de hombros.

–Pues solo queda entonces Rodrigo –recapituló Berta.

–Sí, eso parece. Y me da la sensación de que es el único que conoce perfectamente el papel que tiene que desempeñar y lo que se espera de él.

–Ahora que lo dices, siempre lleva la voz cantante, aunque sin que se note. Es un tipo hábil.

–Debe serlo. Si eres ciego y tienes que demostrar que eres un fuera de serie, te esfuerzas más que nadie.

Jaime se calló y miró a Berta pensativo. Al cabo de unos instantes, lanzó una propuesta:

–Podríamos hablar con Rodrigo. Si, como creemos, está libre de sospecha, no nos estaremos arriesgando demasiado al contarle nuestro secreto y él, a su vez, nos podría ayudar a despejar las dudas que tengamos sobre otro de los miembros.

–¡Qué buena idea! De ese modo, podríamos ir aislando a los posibles traidores.

Volvieron al lago. Hacía calor, un calor pesado. Quedaba más de una hora para que comenzaran los talleres, así que se animaron y se lanzaron al agua. Los otros miembros del grupo también habían decidido refrescarse. Estrás estaba alerta en la orilla; se mostraba nervioso al ver a Rodrigo chapotear fuera de su alcance.

En un momento de juego, en el que Rodrigo estaba algo alejado de los demás, Berta se acercó a él por detrás y se colgó de su cuello, como si jugara.

–Jaime y yo queremos hablar contigo –susurró al oído del chico.

–Vale –dijo él sin más.

Con un movimiento rápido la lanzó por encima de su hombro y, cuando ya estaba en el agua, le hizo una ahogadilla.

A las siete menos cinco hubo una estampida general. Chicos y chicas salieron del agua y corrieron hacia el edificio a medio secarse. Cada uno se dirigió al taller que le correspondía y en poco más de diez minutos no quedaba nadie en el exterior ni en el patio.

Sara apareció en la sala de meditación, como cada día, para interesarse por el avance del trabajo de Lalo.

–¿Cómo vas, Gonzalo?

–Demasiado despacio, quizás. Ayer solo tuve tiempo de montar los aparatos. Ahora empezaré a tomar fotografías. Cuando tenga bastantes, las analizaré y elegiré las mejores. Después estudiaré si tengo todo lo necesario para documentar el fresco y si hay alguna pista oculta en la imagen. Ya te contaré cuáles serán los siguientes pasos y si necesito ayuda.

–Estupendo. Creo que lo vas a hacer muy bien. Recuerda que hay dos objetivos: el primero es datar el fresco y, el segundo, establecer las diferencias y semejanzas entre esta imagen y el aspecto actual de Almagesto.

Sara miró fijamente a la pared durante unos instantes y, luego, añadió:

–Si crees que alguien te puede echar una mano, no tienes más que decírmelo. –Y salió de la sala.

Lalo contempló el fresco desde diferentes perspectivas antes de decidirse a tomar una sola fotografía. Por fin, se alejó un poco, colocó el visor de la cámara ante sus ojos y ajustó el objetivo para captar hasta el más mínimo detalle.

Fue tomando imágenes, poco a poco. Sabía que las fotografías tenían una altísima resolución y que pronto la tarjeta de memoria de la cámara estaría llena, así que prefirió pensar bien cada toma, para no tener que estar parando cada poco rato a descargarlas en el ordenador.

Al cabo de una hora hizo la primera descarga. Sacó la tarjeta de memoria y la introdujo en la ranura del ordenador. Pasó todas las imágenes a una carpeta que había creado en el escritorio y empezó a mirar una a una con detenimiento.

De repente, algo llamó su atención.

Retrocedió a la imagen anterior para comprobar si también en ella se encontraba aquello que le había sorprendido. Y sí, allí estaba.

Lalo amplió la imagen y ratificó su impresión: había una finísima ranura en la pared, perfectamente disimulada por las líneas pintadas en tonos tierra que enmarcaban el fresco. El diámetro de la mesa semicircular llegaba exactamente de un lado a otro de la la ranura. Aquello era...

"Seré tonto", pensó mientras se levantaba de la silla. "Estoy mirando las fotografías en lugar de ir directamente a la pared".

Se aproximó. A simple vista, la ranura era difícil de percibir. El chico miró a su alrededor para comprobar que nadie, desde ningún ángulo, podía verlo. Se subió de rodillas en la mesa y siguió con los dedos la geométrica hendidura, que bordeaba el fresco y los extremos de la mesa, llegaba al suelo y quedaba camuflada por los trazos de la propia pintura. Decididamente, no podía ser una grieta natural en la pared.

Tomó la cámara, acercó el foco todo lo posible e hizo varias fotografías. Luego cargó la imagen en el ordenador y la revisó durante un buen rato.

Se echó hacia atrás y, separándose de la pantalla, resopló fascinado.

No había duda: esa ranura era la junta entre la pared y una puerta o un acceso hacia alguna estancia secreta.

# CAPITULO 14
## Una mirada turbia

Jaime y Berta intentaron por todos los medios aproximarse a Rodrigo, pero no hubo forma de encontrarlo solo. Lalo acosaba al muchacho y Enrique revoloteaba constantemente a su alrededor, solícito y bastante empalagoso.

–¿Te traigo algo del bufet? ¿Salimos a poner la comida a Estrás...?

Durante la cena, Lalo se mostró taciturno y contestó con monosílabos a las cuestiones que se le planteaban.

–¿Qué tal en el taller?

–Bien.

–¿Es interesante lo que estás haciendo?

–*Sip.*

–¿Tienes trabajo para muchos días?

–*Sip.*

No hubo forma de que fuera más explícito.

Cuando ya iban a levantarse, el Venerable Luis se acercó a la mesa y preguntó:

–¿Alguno de vosotros puede echarme una mano en la biblioteca?

Enrique y Stefka saltaron de sus asientos y se brindaron de inmediato. Ana y Yamil se levantaron también, pero no tuvieron tiempo de ofrecer su ayuda porque los tres se alejaban ya de ellos a paso rápido. Como estaban de pie, Ana propuso al chico:

–¿Te vienes a dar una vuelta?

–Vamos.

Lalo iba a abalanzarse en ese momento sobre Rodrigo para contarle lo que había descubierto en la sala de meditación, pero no tuvo oportunidad porque el chico se dirigió a Berta y a Jaime:

–Estrás tiene que correr un rato. ¿Queréis acompañarme?

Ambos se levantaron de inmediato y le siguieron.

–¿Quieres venir? –le preguntó Rodrigo a Lalo, justo por compromiso.

–No, gracias –respondió él, visiblemente fastidiado, arrellanándose en la silla.

Una vez fuera, Rodrigo soltó a Estrás, se agarró del brazo de Berta y comentó:

–Me da pena haber dejado a Lalo tirado en el comedor. Me cae bien.

Berta y Jaime se miraron. Pero habían trazado un plan de comunicación y estaban decididos a seguirlo.

Caminaron en silencio durante unos instantes. Inesperadamente, Rodrigo abrió fuego:

–Imagino que te habrá sorprendido estar saliendo con el hijo de dos miembros del Consejo de Venerables. ¿No es así, Berta?

–¡Eres desconcertante, tío! –exclamó Jaime–. Nosotros comiéndonos el tarro para ver con quién compartimos nuestros descubrimientos y tú, de vuelta de todo.

—Que sea ciego no significa que no me dé cuenta de lo que pasa a mi alrededor —afirmó Rodrigo sonriendo—. Por cierto, os agradezco un montón que hayáis decidido compartir conmigo vuestras averiguaciones. En este sitio, donde nadie sabe la verdad sobre nadie, ser digno de confianza es todo un logro.

—Pues hay una parte que no te tenemos que contar —dijo Berta—, porque ya la sabes. Pero lo cierto es que hay mucho más. ¿Sabes quién es Yamil?

El chico respiró hondo y respondió:

—Es el hijo de Manuel.

—¡Bueno, ya está bien! —interrumpió Jaime bruscamente—. Tienes que contarnos quién eres tú.

—A lo mejor no me creéis.

—Prueba —desafió Jaime con altanería.

—Pues soy el Guardián de Almagesto.

—¿Cómo...? ¡Pero si eres jovencísimo! —objetó Berta.

Se detuvieron y miraron a su alrededor. Berta había levantado mucho la voz y algunos chicos que estaban cerca se habían vuelto sorprendidos a mirarla.

—Será mejor que sigamos andando —susurró Rodrigo—. Esta conversación requiere más intimidad.

Avanzaron hasta una roca grande y plana que se encontraba sobre un montículo. Desde allí se divisaba una buena porción de terreno; nadie se podría acercar a ellos sin ser visto. Se sentaron contemplando el lago y el reflejo que sobre él proyectaba la luna en cuarto creciente.

—Los guardianes asumimos esta función cuando llegamos a la mayoría de edad —explicó Rodrigo—, pero, en mi caso, mi antecesor desapareció en extrañas circunstancias. El Consejo se reunió entonces para buscar una solución transitoria, mientras yo llegaba a los dieciocho años, pero me convocaron y valoraron mis capacidades. Su veredicto fue que estaban lo suficientemente desarrolladas como para hacerme cargo de la misión que tenía encomendada.

–Pues entonces es una tontería que te contemos lo que hemos averiguado, porque ya lo sabrás todo –se aventuró a decir Berta.

–Pues, en realidad, no. Yo sé muchas de las historias que rodean Almagesto, pero hay infinidad de misterios sin aclarar. Si estamos aquí, siendo tan jóvenes, es porque hace falta nuestra intervención inmediata para evitar el desastre.

–¿Así que todos nosotros tendríamos que haber venido cuando cumpliéramos los dieciocho? –razonó Jaime.

–Eso es.

–¿Y por qué se ha adelantado tanto nuestro encuentro?

–Porque Almagesto se desmorona. Somos el último recurso para salvarlo. El Consejo ha asumido un riesgo enorme al reunirnos este año. Incluso, temen por nuestra seguridad. Pero no quedaba más remedio.

–¿Los demás saben quién eres? –se interesó Jaime.

–No. No lo sabe nadie. Solamente los miembros del Consejo y mis padres.

–¿Y yo por qué estoy aquí? –quiso saber Berta, que cada vez entendía menos cuál era su papel en esa misión.

–Pues porque serás nuestro bálsamo.

–¡Qué bonita definición! –ironizó ella.

Rodrigo sonrió de medio lado y continuó:

–Muchos de nosotros tenemos un carácter bastante difícil, y la relación entre los miembros de un grupo así son complicadas. Hacía falta la presencia de un mediador: alguien que redujera las fricciones y nos ayudara a adquirir la empatía que nos falta. Se organizó una búsqueda en muchísimas zonas. Todos aquellos que tenían algo que ver con Almagesto observaban su entorno buscando el personaje que pudiera desempeñar ese papel, pero parecía imposible. De repente, la madre de Ana nos llamó y propuso que fueras tú. Te sometieron a un detenido estudio durante el último año; observaron tus habilidades sociales, descubrieron que mostrabas una gran capacidad de empatía, que eras sincera y afectuosa y nos decidimos a invitarte.

–¿Y si no hubiera venido?

Rodrigo se detuvo y levantó la cabeza, como si mirara a las estrellas.

–No es fácil resistirse a la llamada de Almagesto.

Luego, Berta interrogó a Rodrigo sobre el papel de Ana en el grupo.

–La verdad es que no sé si ella tiene algo que hacer aquí –reconoció el chico–. Pero traerla era la única manera de que tú pudieras venir, ya que tu familia no tiene nada que ver con este lugar. Tenemos que observarla y decidir si continúa o la apartamos de nosotros.

Berta notó un nudo en la garganta.

–Es mi mejor amiga –susurró con tristeza–, es inteligente e intuitiva; merece una oportunidad.

–Ese es tu valor para nosotros, Berta –concluyó Rodrigo–. Esa capacidad de ver lo bueno que hay en cada persona. Pero Ana no se ha ganado todavía un puesto entre nosotros. Tendrá que demostrar que lo merece y que puede aportar algo a nuestra misión.

—Vale —interrumpió Jaime—, ya sabemos el lugar que cada uno ocupa en este galimatías. Y ahora, vamos a poner en común lo que sabemos.

Entre los dos, informaron a Rodrigo de los datos que poseían acerca de Yamil y de las sospechas que este había manifestado en relación con Enrique.

Rodrigo movió la cabeza, despacio, como si estuviera pensando.

—Mis padres me advirtieron que no debía confiar en nadie hasta no estar seguro de las intenciones de cada uno. No obstante, desde el principio, Enrique generó en mí desconfianza. Nadie sabe quién es ni por qué está aquí, no se entiende la relación que tiene con Stefka y tampoco la confianza que demuestra hacia Luis que, al fin y al cabo, es mi preceptor, no el suyo.

—¿Y por qué lo elegiste a él precisamente como preceptor? —preguntó Jaime mostrando estupor—. Habrías podido escoger a cualquiera, siendo tú el Guardián.

—Pues porque hay en el Consejo serias dudas con respecto a Luis. El hecho de que sea mi preceptor me permite someterlo a una estrecha vigilancia.

—Cuéntanos lo que sabes de Yamil: ¿te conoce o sabe quién eres? —preguntó Berta.

—No, no lo sabe. Esa fue una prueba que se impuso a Manuel. Se le prohibió expresamente que dijera nada a su hijo sobre mí. Y lo ha cumplido. Aunque sabemos que la relación entre ambos es de total confianza, la lealtad de este venerable hacia Almagesto es absoluta.

—Imagino que Lalo tendrá también una historia curiosa a sus espaldas —vaticinó Jaime.

Rodrigo se echó a reír con ganas.

—Es uno de los tipos más listos que he conocido —aseguró—, pero está "a por uvas". Hasta que llegó aquí, no tenía ni idea de que esto existiera ni que sus padres tuvieran esa faceta oculta.

—¿Y cómo se pasa de ignorarlo todo sobre Almagesto a convertirse en un miembro de los eruditos? —quiso saber Berta. Y luego aprovechó para interrogar al chico—: Porque, al final, nosotros somos los eruditos, ¿no es así?

—En realidad, no sé cuántos de nosotros somos eruditos. Pero creo que lo averiguaremos muy pronto.

Rodrigo retomó la explicación sobre Lalo:

—Desde que sus padres descubrieron sus habilidades, han luchado por mantenerlo alejado de aquí. Sienten pavor ante la idea de que le pueda ocurrir algo, porque saben lo peligrosa que puede llegar a ser la misión que debemos cumplir. Sin embargo, como os he dicho antes, es difícil resistirse a la llamada de Almagesto. Así que, este año, convencí a Manuel para que les transmitiera la gravedad de la situación en la que nos encontrábamos. Al principio se opusieron pero, finalmente, accedieron a que Lalo formara parte del grupo.

—Entonces no hay la más mínima duda sobre él, ¿no es así? —concluyó Jaime.

—Pues no. Creo que no. De hecho, hace años que Manuel no ejerce como preceptor y fue la madre de Lalo la que puso esa condición para traerlo. Se supone que él lo tutela, lo protege y controla sus movimientos. Y, si existiera la más mínima posibilidad de que Lalo fuera un traidor, Manuel ya lo habría detectado. Es un hombre de cualidades extraordinarias.

–Voy a preguntar una cosa que se me ha ocurrido de repente –anunció Berta–: ¿No podría ocurrir que los traidores entendieran que Manuel es el preceptor de Lalo porque él es el Guardián y quisieran hacerle daño?

–¡Es cierto! –exclamó Rodrigo tensando todos sus músculos–. Quizás, por protegerlo, lo que hemos logrado ha sido ponerlo en el punto de mira. Tengo que pensar qué hacer.

Se hizo un silencio. Había demasiados frentes abiertos. Demasiados peligros. Demasiadas incógnitas.

–¿Y qué hay de nuestros preceptores, son de fiar? –planteó abiertamente Jaime.

–No lo podría asegurar. Todo se verá. –Rodrigo se detuvo y respiró hondo.

–Hay algo más, ¿verdad? –preguntó Berta.

–Pues sí. Queda lo más importante –reconoció el chico–. Tenéis que saber que el peligro que acecha Almagesto tiene un origen desconocido. Y, por lo que hemos ido averiguando, los traidores que nos rodean están al servicio de una fuerza maligna mucho más poderosa y misteriosa que ninguna otra que hayamos conocido.

–¿Algo sobrenatural, quieres decir? –se asombró Berta.

–Sí. Creo que se podría definir así. No sabemos de dónde viene ni por qué se ha instalado en este lugar, pero existe. Es como una telaraña inmensa que cubre Almagesto, agota su energía y atrapa a los miembros más débiles de la comunidad, convirtiéndolos en auténticas amenazas. Por eso es fundamental que nos mantengamos unidos. Ha estado bien pensado por vuestra parte hablar con cada uno de nosotros por separado. Pero, ahora que ya sabemos que viajamos en el mismo barco, debemos elegir a nuestros siguientes aliados cuanto antes.

–Me parece que deberíamos volver –sugirió Berta–. Es cierto que hemos dejado tirado a Lalo. Quizás este sea el momento de contarle lo que sabemos.

–Sí. Tienes razón –opinó Rodrigo–. Pero, si os parece, hablaré yo con él. Me parece que confía en mí y, a lo mejor, es más fácil explicarle todo en un "tú a tú".

A Jaime no le hacía gracia perderse la conversación, pero tuvo que reconocer que Rodrigo tenía razón.

Regresaron al edificio caminando a buen paso. A la entrada encontraron a Lalo lanzando piedras con furia al lago.

–¿Puedo hablar un momento contigo, por favor? –preguntó Rodrigo.

–Pues no sé si me apetece hablar ahora –refunfuñó el otro.

–Es importante –insistió Rodrigo, bajando la voz–. Por favor...

–Está bien.

Berta y Jaime contemplaron durante un rato a los dos chicos que se alejaban.

–Me alegro de que nos hayan dejado solos –afirmó Berta mirando con sus ojos grandes y redondos a Jaime–... y me parece que sí.

–¿Que sí, qué? –preguntó él, arrugando la nariz con extrañeza.

–Que te voy a dejar que me vuelvas a besar.

# CAPITULO 15
## Algo de luz

Un rato antes, Lalo se había mostrado ansioso por compartir con Rodrigo sus averiguaciones, pero ahora, después de que el chico lo dejara plantado tras la cena, lo seguía a distancia, con enorme indiferencia. Así que fue Rodrigo el que rompió el fuego.

–Soy el Guardián de Almagesto –confesó sin preámbulos.

–¿Y eso qué quiere decir? –preguntó Lalo mirándolo de reojo.

Rodrigo respondió primero a la pregunta y, a continuación, hizo un resumen de todo lo que había ido ocurriendo durante los últimos días. Era como una historia con múltiples puntos de vista que, de momento, encajaban a duras penas.

A los dos minutos de escuchar a Rodrigo, Lalo había abandonado sus recelos y compartía también con él los hallazgos que había hecho en la torre Norte.

Rodrigo no sabía cómo abordar el tema que más le preocupaba y se mantuvo en silencio unos instantes.

–Hay algo más que quieres contarme, ¿verdad? –intuyó Lalo.

–Sí. Creo que debes saber que corres peligro. Quizás más que ninguno de nosotros.

Lalo abrió mucho los ojos y esperó la explicación de Rodrigo con impaciencia:

–Manuel nunca suele ser el preceptor de ningún chico. Es posible que piensen que es tu preceptor porque tú eres el Guardián. Y eso puede ponerte en una situación difícil.

–Pero si los traidores pensaran eso, tú estarías a salvo, ¿no es cierto?

Rodrigo se puso tenso.

–Sí..., así es. Pero no estaría bien que te utilizara para ocultarme, no sería digno del Guardián.

–Ahora tenemos que pensar en cómo salvar Almagesto –afirmó Lalo–. Cada uno de nosotros individualmente no tiene ningún valor. Solo si permanecemos juntos y nos protegemos unos a otros, podremos cumplir esta misión.

Rodrigo bajó la cabeza.

–Muchas gracias, Lalo. Eres muy valiente.

–Ya está bien de ñoñerías –interrumpió el chico, visiblemente incómodo–. Vamos a lo que nos interesa: ¿qué deberíamos hacer ahora?

–Pues creo que deberías pedir a Sara que me permita ayudarte con el estudio del fresco –propuso Rodrigo–. Así exploraríamos con tranquilidad esa extraña rendija que has encontrado.

–Mañana se lo diré. Pero dime una cosa: ¿cuándo hablaremos con Yamil y con Ana? Por lo que me has contado, deberían estar también al tanto de lo que ocurre.

–No te preocupes, encontraremos el momento apropiado.

Volvieron hacia el edificio. Faltaban apenas quince minutos para que las luces se apagaran.

—También tenemos que resolver el enigma del cuadrado mágico de la puerta de la biblioteca –recordó Lalo–. Estoy seguro de que todo está relacionado.

—Sí, y el padre de Yamil le anunció que le daría una sorpresa, pero no ha habido novedades. ¡Qué desazón!

En la entrada de la torre de las habitaciones estaban todos los demás.

—¿Dónde andabais? –preguntó Enrique al verlos aproximarse.

—Caminando por ahí –respondió Rodrigo–. Lalo tiene morriña. He intentado explicarle lo importante que es para nuestro grupo.

El chico decidió seguir la jugada de Rodrigo y le apoyó:

—Estoy casi decidido a pedir a mis padres que vengan a buscarme.

Berta y Jaime contemplaban la escena desconcertados. Pero al instante entendieron cuál era la intención del mensaje y observaron la reacción de Enrique, que lanzó una imperceptible sonrisa de satisfacción.

Subieron despacio a las habitaciones y se despidieron.

Poco después, todo estaba oscuro y en silencio.

Stefka se acostó rápidamente y las dos hermanas también. Berta se hizo la encontradiza y, cuando Ana entró en el baño, la siguió.

—¿Qué quieres, Julieta? –preguntó la chica con desdén.

—¡Deja ya de hacer el tonto, Ana! Tenemos que hablar. Necesito que dejes salir a mi amiga, en la que tanto confío, y te guardes esa faceta tan desagradable que te empeñas en mostrarme.

—Tú has elegido la relación que más te interesa. No he sido yo la que te ha dejado plantada.

–Ana, eso que dices no tiene sentido. ¿Por qué tengo que elegir entre el chico que me gusta y mi mejor amiga? ¿Por qué no puedo tener una buena relación con ambos?

–Pues porque nuestra relación es muy especial y no permite que haya terceras personas.

Berta la miraba con los ojos fuera de las órbitas.

–No entiendo qué quieres de mí. Explícamelo, por favor. Pero, atiéndeme: están ocurriendo cosas que deberían importarte más que esos celillos tan infantiles.

La barrera de Ana se derrumbaba por momentos.

–No sé qué me pasa. Me siento triste, como fuera de lugar –reconoció–. No me encuentro integrada en ninguno de los grupillos y tú estás a una distancia de años luz de mí. Y tampoco sé por qué me sienta tan mal que salgas con Jaime. Es un tipo majo, creo yo...

Berta se acercó a ella y la abrazó.

–Te quiero mucho, Ana. Pero Jaime es importante para mí también y me gustaría que os conocierais y congeniarais.

–Perdóname, he sido bastante egoísta.

Ambas notaron cómo las lágrimas rodaban incontenibles por sus mejillas. Se sentaron en el suelo del baño sonriendo y llorando, cogidas del brazo y acurrucadas.

–No más malos rollos, ¿vale?

–Vale.

Al cabo de unos minutos, Berta decidió abordar el tema que la tenía preocupada.

–Aclarado este primer asunto –puntualizó–, vamos al segundo: sé por qué estoy aquí, y me imagino que tú también lo sabes. Ahora necesito que me pongas al día de todo lo que está ocurriendo.

Ana la miró estupefacta. Luego se levantó sigilosamente y pegó la oreja a la puerta del baño. Se volvió a sentar y solicitó:

–Dime exactamente qué sabes, pero habla bajito. Por suerte, pensarán que estamos haciendo las paces, después de este tiempo de enfado, y no sospecharán nada.

Berta se sinceró por completo con Ana que, a medida que escuchaba, iba mostrando su sorpresa.

–¡No me lo puedo creer! –exclamó finalmente–. ¿Cómo has conseguido averiguar todo eso?

–Ha sido cuestión de suerte. Me he ido encontrando con las cosas, sin más.

Ana entonces recapituló:

–Así que, ahora solo faltaría hablar con Yamil, ¿no es así?

–Sí. Pero es casi un trámite, porque ya sabemos que es el hijo de Manuel y no resulta sospechoso ni de lejos.

–Entonces, los únicos de los que tenemos que desconfiar son Stefka y Enrique.

–Y del Venerable Luis. Nadie sabe de qué lado está –añadió Berta.

Se hizo un momento de silencio. Justo el tiempo necesario para que Berta se decidiera a abordar el siguiente tema que la tenía preocupada:

–¿Y tú, Ana? ¿Qué papel juegas en todo esto?

–Pues no lo sé en realidad, porque mis padres han estado siempre vinculados a Almagesto, pero solo han sido preceptores en un par de ocasiones. Hace, más o menos, un año, me explicaron con detalle la situación que se estaba viviendo aquí y me anunciaron que los venerables se habían fijado en ti. A partir de ese momento, mi tarea fue conseguir que desearas acompañarme, pero me temo que yo no tengo ninguna capacidad especial y que no llegaré a formar parte del grupo de los eruditos. A lo mejor ha sido eso lo que me ha hecho mostrarme celosa de ti: todos te valoraban tanto que me sentí ninguneada hasta por mis propios padres.

Berta reflexionó unos instantes antes de intervenir:

–No sé qué opinarán los demás, pero yo te necesito. Tú familia siempre ha estado vinculada a este lugar y yo soy una recién llegada, inexperta y fuera de lugar. Solo juntas podremos enfrentarnos a cualquier situación que se presente.

–Contigo es todo fácil –aseguró Ana sonriente –. Por eso te quiero tanto.

Unos golpes en la puerta las sobresaltaron.

–¿Sí? –contestaron Berta y Ana a la vez.

–¿Estáis bien? –preguntó Stefka mientras abría la puerta despacio.

–Sí, claro que sí.

–Me alegro de veros juntas. Estos últimos días han sido un poco tensos. ¿Me puedo sentar con vosotras?

Berta vio que Ana estaba a punto de dar una espantada y desaprovechar la ocasión de averiguar algo más sobre Stefka y se anticipó:

–Ven, siéntate aquí –indicó dando unas palmaditas en el suelo.

Charlaron durante unos minutos sobre temas sin trascendencia. En un momento, Stefka comentó, sin darle mucha importancia:

–Parece que nos hemos desinflado un poco con la investigación sobre la amenaza que sufre Almagesto, ¿no os parece?

–¿Por qué dices eso? –preguntó Ana.

–Pues porque hace tiempo que no comentamos si alguien ha obtenido algún dato nuevo.

–No sé –dudó Berta–, a lo mejor durante los primeros días nos dejamos llevar por el misterio que envuelve este lugar y ahora nos damos cuenta de que Enrique y tú teníais razón: que gran parte de lo que creíamos saber era fruto de nuestra imaginación.

–Sí. Es posible –manifestó ella sin mucho interés–. Pero, quizás, debiéramos asegurarnos de que, al abandonar nuestras pesquisas, no estamos dejando la suerte de este lugar en manos de quienes buscan su desaparición.

–Bueno, podemos comentarlo con los otros mañana –propuso Ana–. ¿Qué os parece?

–A mí me parece bien –opinó Stefka animada.

–Y a mí también –ratificó Berta, que a continuación propuso–: ¿Nos vamos a dormir?

Se levantaron y fueron directamente a sus camas. La habitación quedó en absoluto silencio.

Berta permaneció alerta, tenía el presentimiento de que algo iba a ocurrir. Identificó la respiración rítmica de Ana y los leves ronquidos de las hermanas, pero no pudo descubrir si Stefka estaba dormida.

Pocos minutos después su corazonada se confirmó: Stefka se levantó de la cama y fue directamente a la puerta. Abrió, salió de puntillas y volvió a cerrar con sumo cuidado. Berta no sabía qué hacer. Temía descubrirse si la seguía de inmediato y también temía perderla si no iba tras ella pronto.

Entonces una mano tocó su hombro.

–¡Ay, Ana! ¡Qué susto me has dado!

–¡Shh! ¿Has visto? ¿Vamos tras ella?

–¿Y si nos descubre?

–Tú ya seguiste ayer a Yamil, ¿no? Y no se dio cuenta.

–Ya, pero Yamil es de "los buenos".

–Aún no sabemos de qué lado está Stefka –recordó Ana.

–Es cierto. ¡Vamos!

Salieron sin hacer ruido y se detuvieron en el rellano a escuchar. Querían descubrir hacia dónde se había dirigido Stefka, pero hasta sus oídos no llegó ni el más leve sonido. Esperaron conteniendo la respiración.

De pronto, escucharon pasos en la escalera.

–Sube alguien –susurró Ana.

De un salto, se pegaron a la pared que estaba en penumbra y esperaron.

–Hay que hablar con Enrique –oyeron decir al Venerable Luis–. Si os han descubierto ya no es necesaria vuestra presencia aquí.

–Pero no estoy segura, solo digo que... –se justificaba Stefka.

–Os lo advertí. Los eruditos son personas muy especiales, si no ponéis toda vuestra atención nuestra misión se irá al garete.

–Danos otra oportunidad –suplicó la niña–. Creo que estamos cerca de saber cómo se accede al lugar donde se encuentra la Quinta Piedra. Me parece, incluso, que Ana y Berta confían en mí. Necesito que esto salga bien. Como sabes, para mí es cuestión de vida o muerte –gimió.

–Lo consultaré y os comunicaré la decisión que se tome. Mientras tanto, intentad no meter más la pata –resolvió bruscamente el hombre.

Pasaron a pocos centímetros del recoveco donde se encontraban ocultas las dos amigas. Estaban aterrorizadas: quien deseara destruir Almagesto tenía el poder suficiente para hacerlas desaparecer sin dejar rastro. Estaban en un gran peligro.

Se miraron. ¿Qué debían hacer? ¿Tenían que seguir a Luis y a Stefka o deberían volver a su habitación y contar al día siguiente lo que habían presenciado?

No fue necesario que tomaran ninguna decisión porque, a los pocos instantes, apareció Manuel, subiendo los peldaños de dos en dos.

Nunca podrían entender cómo supo él que estaban allí, pero, sin dudar, las miró directamente y ordenó:

–A vuestro cuarto de inmediato y no salgáis, oigáis lo que oigáis.

Obedecieron. Entraron sin perder un instante y se acurrucaron en sus camas, temblorosas.

Unos segundos más tarde escucharon carreras por las escaleras, algún grito ahogado, voces...

Minutos después Stefka entraba apresuradamente en la habitación y se metía en la cama. Luego rompió a llorar, gimiendo muy bajito, con una enorme congoja.

Berta y Ana sentían lástima por ella, pero no podían hacer nada para ayudarla.

Porque ahora ya estaban seguras de que algo terrible iba a ocurrir aquella noche en Almagesto.

# CAPITULO 16
## Oscuras intenciones

Ana y Berta saltaron de la cama nada más escuchar la primera campanada que anunciaba las siete de la mañana. No tenían sueño a pesar de que la noche había sido muy agitada. Miraron hacia la cama de Stefka y vieron que estaba vacía.

Ana entró al baño y comprobó que una de las cabinas estaba cerrada.

–¿Estás bien? –preguntó aproximándose a la puerta.

–Sí, sí –ahora salgo.

Berta estaba vistiéndose a toda prisa cuando oyó que alguien llamaba a la puerta con insistencia. Se acercó y escuchó la voz de Jaime:

–Berta, abre, por favor.

Abrió de inmediato.

–¡Ha ocurrido algo terrible! –anunció el chico–. No te vas a creer quién ha desaparecido.

–El Venerable Manuel, ¿verdad? –susurró ella para estar segura de que nadie la escuchaba.

Otra vez el acierto de Berta dejó a Jaime fuera de juego.

–¿Y cómo...?

Ella se llevó el dedo a los labios.

–Ya te lo explicaré todo. ¿Qué vamos a hacer?

–Sara ha venido a la habitación y lo ha anunciado. Tendrías que haber visto la cara de Yamil, casi se desmaya. ¡Pobrecillo!

Ana salió del baño y los miró sin pestañear, como con la intención de preguntar qué ocurría.

–¿Te vienes? –invitó Berta.

Ana tiró la toalla sobre su cama y salió rápidamente. Si se adelantaban antes de que Stefka pudiera seguirlos, podrían hablar durante unos instantes.

Corriendo, llegaron a la explanada.

–Sara nos ha pedido total discreción. El Consejo no quiere que se conozca su desaparición, podría cundir el pánico entre los chicos y los venerables –explicó Jaime mirando a Ana con desconfianza.

–Siento haber sido tan borde –se disculpó ella, adivinando la intención de aquella mirada–. Anoche estuvimos hablando Berta y yo, y me he dado cuenta de que me he comportado fatal con ella y contigo. Espero que podamos ser amigos.

El chico miró a Berta, que sonreía satisfecha.

–Por supuesto que sí –dijo él–. Estoy contento de que todo se aclare.

Colocaron los tres sus esterillas en el suelo. Los otros se acercaron y pusieron las suyas también.

–¿Dónde está Stefka? –preguntó Enrique.

–Creo que estaba en el baño cuando hemos salido –respondió Ana–. A lo mejor no se encontraba bien.

–¿Y la habéis dejado allí? –reprochó Enrique a las chicas, mirándolas con una enorme ira.

Sin añadir nada más, se dirigió a toda prisa al interior del edificio.

–Esa mirada me ha puesto los pelos de punta –reconoció Berta.

Cuando se sintieron libres de los dos sospechosos, formaron un corro alrededor de Yamil.

–Lo sabemos todo.

–Sospechamos de Stefka y de Enrique.

–Puedes confiar en nosotros.

El chico miraba a unos y a otros con desconcierto y balbuceaba palabras sin sentido:

–Mi padre... lo sabía... Estoy seguro de que iba a descubrir algo importante... me lo dijo...

–Sí. Pero debes disimular –aclaró Jaime elevando su voz por encima de las demás.

–El Venerable Luis está implicado en la desaparición de tu padre –indicó Ana en un murmullo–. Le oímos hablar con Stefka.

–Y creo que la estaba amenazando –concluyó Berta.

Todos se volvieron hacia ella, esperando que ampliara esa información. Pero cuando iba a hacerlo miró por encima del hombro de Lalo y advirtió:

–Ya vienen. Luego hablaremos.

No hubo ni un solo momento de tranquilidad en toda la mañana. Los chicos corrieron de una clase a otra, como si la actividad frenética supusiera una protección contra los peligros que los rodeaban.

Lalo se encontró con Sara en uno de los cambios de clase. Ella estaba inusualmente pálida y distraída.

—Hola, Sara. ¿Podemos hablar un momento? —solicitó el chico.

—Ahora no tengo mucho tiempo. ¿Podríamos vernos más tarde?

—Es urgente.

—Bien. Solo unos minutos.

Subieron a la sala de meditación. Sara cerró la puerta tras de sí y miró a Lalo expectante. El chico habló sin rodeos.

—Debes confiar en mí. No puedo darte muchas explicaciones en este momento. Manuel creía firmemente que yo soy uno de los eruditos, y cada vez estoy más convencido de que estaba en lo cierto. Necesito que Rodrigo me acompañe en el taller de esta tarde, he hecho un descubrimiento importante y sus habilidades me resultarán muy útiles.

Ella sacudió la cabeza de arriba abajo. Luego, cuando pudo reaccionar, preguntó:

—¿Se puede saber de qué descubrimiento se trata?

—Es largo de explicar. Déjame que avance un poco más en la investigación y, entre todos, te contaremos el punto en el que nos encontramos.

Sara iba a abrir la puerta y Lalo intervino de nuevo:

—Hay algo más que debo decirte: no confíes en Luis.

—Lo imaginaba. Descuida, andaré con mucho ojo.

A la hora de comer, Lalo comentó delante de todos que Sara autorizaba a Rodrigo a ayudarlo con la investigación del fresco de Almagesto.

Luego, todo fue complicado. Enrique se mostraba taciturno y Stefka tenía un gesto de profunda tristeza, pero ambos permanecieron pegados al grupo en todo momento.

Jaime y Berta se alejaron, con la disculpa de pasar un rato a solas.

—Nos someten a vigilancia. No nos dejan ni a sol ni a sombra —afirmó Jaime—. A este paso, no podremos volver a hablar entre nosotros en ningún momento con tranquilidad.

—Ahora que sabemos de qué lado está cada uno, deberíamos poder actuar. Y para eso tenemos que ponernos de acuerdo y planificar los siguientes pasos.

Berta tenía arrugado el entrecejo, mostrando su preocupación.

—A lo mejor, si nos relajamos un poco, encontramos la solución... —susurró Jaime, atrayendo el cuerpecillo de Berta hacia sí.

La besó suavemente, disfrutando del contacto con la chica, que cada día le gustaba más.

De pronto, ella se separó bruscamente, de modo que él estuvo a punto de caer hacia delante, y exclamó:

—¡Qué listo eres, guapo! ¡Claro que sí!

La miró estupefacto, sin entender qué estaba pasando.

—Nosotros podemos separarnos del grupo sin levantar sospechas —explicó Berta—, porque se supone que estamos saliendo. Rodrigo y Lalo podrán hablar con tranquilidad esta tarde porque están autorizados a trabajar juntos en el taller. Así que necesitamos una disculpa para que Yamil y Ana también puedan pasar tiempo juntos, o con nosotros, por ejemplo.

—¿Y cuál es ese plan tan estupendo? —quiso saber Jaime con una mueca de fastidio.

—Conseguiremos que fijan que están saliendo también. Así podremos ir juntos "de parejitas" y no levantaremos sospechas.

—Pero ¿qué estás diciendo, Celestina? —bromeó él.

—A ver, no hace falta que salgan si no se gustan, pero sería un modo de justificar que pasen más tiempo juntos y que puedan venir con nosotros sin "carabinas" –concluyó ella con una sonrisa malévola–. Además, a Ana le vendría fenomenal un ligue, aunque fuera fingido, creo yo.

Ana se acercaba caminando despacio.

–Hola, ¿puedo interrumpir?

–Sí, ven –la invitó Berta–. Hemos tenido una idea fantástica.

–Ella ha tenido la idea –puntualizó Jaime, destacando mucho la palabra "ella".

Ana pareció no hacer caso a Jaime y, simplemente, contó lo que le preocupaba:

–Yamil está muy angustiado. Deberíamos hacer algo para ayudarlo.

Berta entonces explicó su plan. Al terminar, se encogió mirando a su amiga y esperando que ella le tirara algo a la cabeza. Sin embargo, su reacción fue muy distinta:

–No sé qué le parecerá a él. Pero, para lo que necesitamos, podría servir.

–¿Quieres que le explique yo el plan? –se ofreció Jaime amablemente.

–¡De ninguna manera! –se negó Ana–. Ya habéis tenido la idea y ahora me toca a mí ponerla en práctica.

La chica se alejó con paso decidido. Berta y Jaime sonrieron al verla acercarse al grupo y dirigirse directa a Yamil.

–Debe estar alucinando –comentó el chico.

Instantes después, Ana se abalanzaba sobre Yamil y lo besaba apasionadamente.

Todos los que estaban a su alrededor aplaudieron y silbaron armando un gran alboroto.

Jaime inclinó la cabeza, como intentando conseguir una mejor perspectiva del beso.

–Pues no parece que le moleste mucho mentir a Yamil –opinó.

Berta le dio una colleja cariñosa, como para castigar su maldad.

–Ana es guapísima y listísima –aseveró–. Cualquier chico estaría encantado de tener una aventurilla con ella.

–Estoy seguro. Pero a mí me impone mucho ese genio que tiene.

–Es una pose. Solo eso –afirmó Berta–. Es la persona más entrañable y más dulce del mundo. Si llegas a conocerla mejor, lo comprobarás.

El resto de la tarde pasó entre baños, carreras y jugueteos. A última hora, Yamil y Ana se acercaron a Berta y Jaime.

–¡Qué bien! Ahora nadie nos sigue –comentó Ana satisfecha–. ¡Como nos hemos convertido en pareja...!

Yamil miraba a su alrededor con los ojos llenos de angustia.

–Ya me ha contado Ana todo lo que estáis haciendo y os lo agradezco un montón. –Luego miró directamente a Jaime–. Siento una barbaridad haber sospechado de ti, pero no sabía de quién me podía fiar.

–No te preocupes –le tranquilizó él–. Ahora lo importante es encontrar a tu padre y averiguar cómo alejar el peligro de Almagesto.

–No quiero ser negativo, pero creo que todo esto nos viene demasiado grande.

–¿Tu padre sabía algo de la vida de Stefka? –preguntó Jaime.

–Según me contó, Luis insistió en que viniera aquí este año. Consiguió que se la autorizara porque estaba pasando una mala época. Según él, Almagesto podría ayudarla a superar sus problemas.

–¿Sabes qué problemas eran esos? –preguntó Ana.

–Algo relacionado con su familia pero, según mi padre, por más que interrogó a Luis no consiguió que aclarara qué era exactamente. Y eso que mi padre no suele conformarse hasta que no averigua lo que quiere. Pero en este caso...

–¿Y de Enrique, te contó algo? –intervino Berta.

–Sí. De él sé algo más: perdió a sus padres cuando tenía cinco o seis años, y sus tíos, que formaban parte del grupo de venerables, lo acogieron. Según tengo entendido, es un chico tranquilo y reflexivo que está muy agradecido a sus tíos y a sus primos. Por eso me extraña tanto que él sea uno de los traidores, que tenga algo que ver con todo este conflicto y con la desaparición de mi padre.

–Pues te parecerá una tontería –planteó Berta–, pero hoy me ha lanzado una mirada terrible que me ha puesto los pelos de punta. He visto en sus ojos una maldad indescriptible.

–¿No te estarás dejando sugestionar por todo esto? –se aventuró a preguntar Jaime.

–Es posible. Pero lo cierto es que esa mirada ha puesto patas arriba la idea que yo tenía de Enrique.

# CAPITULO 17
## Iluminados por el conocimiento

Lalo se acercó a Rodrigo y preguntó:

–¿Nos vamos ya hacia el taller?

Enrique se aproximó a ellos cuando ya se alejaban.

–Voy con vosotros –ofreció sin dar opción a que los otros dijeran que no.

Lalo se quedó bloqueado.

–Muy bien –dijo Rodrigo, mostrando un entusiasmo que no sentía–. Se lo diremos a Sara.

–No creo que sea necesario –objetó Enrique.

–Pues yo creo que sí lo es –reaccionó Lalo–. Para que pudiera venir Rodrigo he tenido que pedir su autorización.

Enrique se encontró atrapado y no pudo negarse. Sara estaba en la entrada de la torre Norte, como cada día, esperando a los chicos y chicas del taller.

–Buenas tardes –saludó con desgana–. ¿Qué haces tú aquí, Enrique?

–Me he enterado de que Lalo necesita ayuda y me he ofrecido –dijo él con una enorme desfachatez.

—Ya tiene a Rodrigo.

—Pero... —intentó oponerse Enrique.

Sara reaccionó y cortó de raíz los planes del joven.

—Es muy generoso por tu parte ofrecer tu ayuda. Creo que yo sí la aceptaré. Acompáñame.

Y se lo llevó casi a empujones de allí.

—Me parece que Sara ha hecho un quiebro a ese, ¿no? —preguntó Rodrigo cuando notó que se habían alejado.

Lalo sonrió.

—Sí. Le ha salido fatal la jugada.

Los dos chicos subieron a la sala de meditación.

En primer lugar, Lalo llevó a Rodrigo a la pequeña estancia que había entre las puertas que comunicaban las salas.

—Hay suficiente espacio para que una persona pudiera pasar, si es que hubiera una entrada —comentó el chico después de palpar cada centímetro del habitáculo sin hallar nada.

—Ven, quiero que veas otra cosa —indicó Lalo conduciendo a Rodrigo.

—Tanto como ver... —bromeó él.

—Es verdad, perdona. El caso es que, precisamente porque eres ciego, creo que podrás descubrir al tacto cualquier detalle que a mí se me haya pasado.

Se aproximaron a la mesa y Lalo llevó los dedos de Rodrigo hasta la llaga de la pared. El chico se tomó su tiempo para recorrerla de un lado a otro, subiéndose incluso en la mesa para no perder el tacto.

Al cabo de un buen rato, Rodrigo se volvió hacia Lalo y afirmó:

—Es una puerta... O algo así, sin duda. Pero no tengo ni idea de cómo se puede abrir. De hecho, no hay ni una rugosidad, ni una simple irregularidad que pudiera parecer un mecanismo. Lo cierto es que debe dar acceso al cuartucho que queda entre las dos salas.

Se quedaron los dos parados, frente a la pared, sin saber qué hacer a continuación.

—Creo que deberías seguir haciendo fotografías —indicó Rodrigo—. Si alguien entra, es conveniente que estés trabajando. Yo veré en qué me entretengo. Tú, mientras tanto, ve contándome lo que ves o lo que te llame la atención.

Así lo hicieron y Lalo comenzó a hablar.

—El fresco que hay en la pared representa Almagesto, pero faltan muchos elementos arquitectónicos que ahora sí están en las torres.

—¿Cuáles faltan, por ejemplo? —se interesó Rodrigo.

—Pues todas las cúpulas y los remates de las torres. No aparece, por ejemplo, el observatorio, ni la gran bola que corona la torre de los dormitorios, ni la cúpula de esta torre en la que estamos, donde yo creo que se encuentra el medidor de energía.

—¿Da la sensación de que esté a medio terminar?

—Es posible —admitió Lalo.

—Almagesto tiene este peculiar aspecto porque se construyó en varias fases —afirmó Rodrigo—. Según cuentan las crónicas, en la primera de ellas se levantaron cinco torres de muy poca altura que estaban unidas por unos sencillos muros curvos. Las torres apenas contenían tres niveles en su interior y no tenían adorno alguno. No obstante, los cimientos se hicieron profundos y reforzados, para protegerlo de la acción del agua y para permitir aumentar la altura de las construcciones originales cuando fuera necesario.

En una segunda fase se terminaron de levantar las torres y se decoraron las partes más bajas. Finalmente se remataron todas las decoraciones. Para ello se contó con famosísimos artistas que hicieron de este edificio uno de los más maravillosos que se puedan contemplar.

–¿Y sabes en qué momentos se llevaron a cabo las diferentes fases?

–Pues no exactamente –tuvo que reconocer Rodrigo–, pero estoy casi seguro de que esta sala en la que estamos se construyó en la primera fase.

–Eso quiere decir que este piso y los inferiores están aquí desde el principio –analizó Lalo.

–Y también apoya tu teoría de que los muros curvos son los exteriores y que, si existen corredores rectos, estarán en el subsuelo y comunicarán los sótanos, aunque nadie los haya visto.

–Es cierto. Esos planos de la biblioteca probablemente correspondan a los sótanos que se construirían en la primera fase, aunque nadie haya podido probar su existencia.

–A lo mejor estamos a punto de hacerlo nosotros.

A continuación descargó las fotografías y empezó a mirarlas con detenimiento. La calidad de la gráfica del ordenador y la resolución de las imágenes le permitían observar hasta el más mínimo detalle.

De repente, Lalo lanzó un silbido.

–¿Qué has encontrado? –preguntó Rodrigo, dirigiéndose a la mesa apresuradamente.

–No sé si tendrá importancia, pero creo que los símbolos que rodean la imagen tienen un significado –indicó Lalo.

–¿Los entiendes?

–Pues no, parecen un galimatías.

–Copia los símbolos en tu libreta y, cuando tengamos oportunidad, intentaremos descifrarlos. Creo que Ana estaba encantada con la clase de criptología. A ver si le sirve de algo lo que ha aprendido.

Lalo hizo lo que indicaba Rodrigo y pasó un buen rato dibujando con precisión los símbolos.

–Quizás ahora debiéramos cambiar nuestra perspectiva –anunció Lalo cuando terminó de dibujar.

–¿A qué te refieres?

–Pues que si existe alguna posibilidad de que esa puerta se abra y que podamos entrar por ella, sería necesario contemplar este sitio en conjunto y descubrir si hay algo que no debiera estar ahí. A lo mejor eso nos da la clave que necesitamos.

–En otras ocasiones ha funcionado que tú me cuentes lo que ves –recordó Rodrigo–. Podríamos intentarlo ahora.

–Vale. Allá voy. La habitación tiene forma de medio óvalo. La pared que separa esta sala de la contigua es recta y hay una mesa semicircular apoyada en ella. Igual que ocurre en nuestro dormitorio, hay una rosa de los vientos hecha de incrustaciones de madera en el suelo y...

Lalo se quedó en silencio de repente.

Pasaron unos segundos que a Rodrigo le parecieron eternos.

–¿Qué has encontrado? –preguntó él impaciente.

–Esta es la torre Norte –razonó Lalo–, y se supone que esta sala da al norte...

–¿Y bien? –apremió Rodrigo.

–Pues que la rosa de los vientos que hay bajo la mesa señala al noroeste.

–Explícamelo, que no lo comprendo –solicitó Rodrigo.

–Es muy extraño –dijo Lalo–, que en este sitio donde todo está orientado con precisión, la rosa de los vientos enorme que hay en el suelo tenga un error de casi noventa grados.

–No puede ser un fallo –corroboró Rodrigo–. Es imposible.

–Ven, vamos a ver si el suelo gira bajo la mesa.

–¡Es genial, Lalo!

Se lanzaron al suelo y comprobaron que los círculos que circunscribían las diferentes puntas de la rosa de los vientos no eran de una pieza.

–El círculo más grande debería girar –supuso Lalo.

–¿Y por qué no probamos? –lo animó Rodrigo.

Las patas de la mesa estaban pegadas al suelo y el borde recto se encontraba firmemente anclado a la pared. Sujetaron el tablero de la mesa e intentaron hacerlo girar suavemente. Pero no hubo manera.

Luego hicieron fuerza para levantarlo, pero tampoco consiguieron nada.

–Para –indicó Rodrigo–. Estoy seguro de que no es necesario ser un superhombre para moverlo. Tiene que haber un dispositivo que lo libere.

–No hay ningún botón ni interruptor a la vista –explicó Lalo.

–A lo mejor estamos intentando moverlo del modo equivocado –justificó Rodrigo.

–Lo que sí está claro es que no se puede mover hacia abajo –argumentó Lalo–, porque nos hemos subido encima de la mesa y no ha pasado nada.

—Entonces, quizás sea empujando hacia la pared —concluyó Rodrigo.

Se colocaron en el borde de la mesa y empujaron con decisión. Sin oponer resistencia, el muro se desplazó hacia dentro.

—Ahora, giremos —indicó Lalo.

La mesa y la rosa de los vientos giraron suavemente hacia la izquierda. A medida que la rosa de los vientos se orientaba correctamente, aparecía ante sus ojos un hueco oscuro y estrecho.

Notaron un tope que les impedía seguir girando. Lalo soltó la mesa y fue a inspeccionar.

—Hemos encontrado un pasadizo —anunció—. Bueno, en realidad, es una especie de pozo por la que desciende una escalera.

—¿Solo desciende? —quiso saber Rodrigo.

—Así es —respondió Lalo.

Ambos se quedaron callados. Era difícil pensar qué debían hacer.

—Hay que cerrarlo de inmediato —propuso Rodrigo, rompiendo el silencio—, para que nadie descubra el pasadizo. Más tarde buscaremos un momento tranquilo para bajar por la escalera y explorar.

—¡Lástima! —se lamentó Lalo—, creí que me ibas a decir que bajáramos sin perder un momento.

Rodrigo sonrió ante la impaciencia de su compañero.

—Pues lo lamento, pero soy el Guardián de Almagesto y una de mis cualidades es la prudencia, así que obrar con esa ligereza no debe ser propio de mí.

No tuvieron dificultades para volver a colocar la mesa y la rosa de los vientos como la habían encontrado.

Lalo, entonces, recordó algo y lo compartió con Rodrigo.

–Imagino que sabrás que en nuestro dormitorio hay también una rosa de los vientos bajo la mesa. Tenemos que comprobar si guarda algún secreto.

Pero Rodrigo no tuvo tiempo de contestar porque, en ese preciso momento, se abrió la puerta de golpe y apareció Enrique.

–Hola, chicos –saludó mientras avanzaba hacia ellos a buen paso, como intentando sorprenderlos–. ¿Algún descubrimiento?

–No, nada relevante –fingió Lalo–. Hemos hecho fotografías sin encontrar nada que nos indique de qué época es el dichoso fresco.

–Vaya –se lamentó mientras escudriñaba cada rincón de la sala–, ¿y para eso dos personas durante dos horas? ¡Qué poco rentable!

Rodrigo comentó con toda tranquilidad:

–No será rentable, pero a los venerables les parece que es adecuado.

Enrique supo que no conseguiría nada por ese camino y cambió de estrategia.

–¿Bajamos a cenar? –propuso en un tono mucho más afable.

–Sí, vamos –aceptó Rodrigo.

Estrás, que había permanecido tirado en uno de los cojines como un marajá, se acercó perezosamente a su amo y Rodrigo sintió un escalofrío al comprobar que el animal se acercaba a olisquear la zona de la puerta oculta. Llamó a su perro de inmediato y lo sujetó por el arnés.

Salieron de la sala. Lalo apagó las luces y cerró la puerta tras de sí con mucha rapidez.

–Si nos lo permitieran, me gustaría venir con vosotros un rato, después de cenar, a esta sala. Así me enseñaríais cómo estáis llevando a cabo la documentación de la imagen.

–Es una gran idea –afirmó Rodrigo con cinismo–, pero tendremos que venir tú y yo solos porque Lalo me acaba de confesar que le duele la cabeza y se va a ir pronto a la cama.

Enrique se mostró contrariado, pero no pudo zafarse de la red que él mismo había lanzado.

Por su parte, Lalo se llevó una gran sorpresa al comprobar los reflejos que había tenido Rodrigo. Los dos irían a la sala de meditación después de la cena mientras él comprobaba en su dormitorio si la rosa de los vientos también era el acceso a un pasadizo.

Después de cenar... Ese sería el momento.

# CAPITULO 18
## Oscuros misterios

Se encontraron en el comedor. Enrique estaba a punto de sentarse en la mesa cuando apareció en la puerta Luis y le hizo una leve seña con la cabeza. El chico se levantó rápidamente y se dirigió hacia él.

–Voy a saludar a Luis –se justificó mientras se alejaba.

Stefka no se movió. Lalo y Rodrigo estaban deseosos de compartir con los otros sus hallazgos, pero la presencia de la chica era un obstáculo.

Providencialmente, Rodrigo intervino:

–Stefka, ¿me puedes acompañar a buscar la comida?

Todos se volvieron hacia ella; casi estaban seguros de que iba a protestar. Pero no se atrevió.

–Sí, sí... Por supuesto –respondió con evidente desgana.

Se levantaron y fueron hacia las góndolas del bufet.

–Atentos –indicó Lalo–, no tenemos tiempo de muchas explicaciones.

Los demás guardaron silencio y contuvieron la respiración. El chico explicó el plan casi sin tomar aire:

–Hemos encontrado el acceso a unas escaleras ocultas en el interior de la torre Norte. Creemos que en nuestra habitación hay otro acceso similar y necesitamos comprobar si es así y adónde conducen las escaleras. Rodrigo va a entretener a Enrique después de la cena, estaría bien que alguno de vosotros fuera con él, por si acaso... Yo diré que no me encuentro bien y me marcharé al dormitorio. Tenéis que mantener también lejos a Stefka. Ninguno de ellos, ni tampoco el Venerable Luis, se pueden acercar a las habitaciones.

–Me gustaría ir contigo –anunció Yamil–. Necesito estar al tanto de los avances que vayamos consiguiendo. Es vital para mí.

–No hay problema –concluyó Lalo–. ¿Os parece bien a los demás hacer de obstáculos?

Asintieron. En la puerta del comedor acababan de aparecer el Venerable Luis y Enrique. El hombre miró a la mesa y, a continuación, buscó a Stefka en la zona de las góndolas. Al comprobar que estaba ayudando a Rodrigo hizo un gesto de contrariedad.

De repente, Ana empezó a hablar con un tono extraño y monótono, como un autómata:

–Ve con ellos y vigílalos. Mientras estábamos fuera se las han arreglado para quitarse de encima a Stefka. Seguramente se habrán puesto ya de acuerdo para dejaros al margen de sus planes. Tienes que pegarte a ellos como sea. Nada que pase en ese grupo debe ocurrir sin que tú lo sepas. Vamos. Mantén los ojos bien abiertos.

–¡Sabes leer los labios! –exclamó Berta mirando a su amiga como si fuera un fantasma.

–Sí –afirmó ella sonriendo divertida–. Hoy, por primera vez, me ha parecido algo útil.

Enrique llegó a la mesa y se sentó.

–¿No cenas? –se interesó Berta, utilizando el tono más zalamero del que era capaz–. Se te hará tarde.

–Ahora iré –respondió Enrique con una voz que no conseguía disimular su enfado.

No se movió hasta que Stefka y Rodrigo regresaron.

Apenas hablaron durante la cena, todos se mostraban taciturnos.

–Me voy a dormir –anunció Lalo en cuanto acabó su plato.

Yamil no sabía cómo unirse a él, pero Ana salió en su ayuda:

–¿Damos un paseíto? –preguntó acercándose mucho a él, con aire insinuante.

Yamil se puso rojo como un pimiento morrón y balbuceó:

–Ssí, sí... vamos.

–¿Quieres acompañarnos a Enrique y a mí, Stefka? –propuso Rodrigo, sonriendo con malicia–. Las parejitas necesitan tiempo a solas.

La chica se vio acorralada y no tuvo más remedio que aceptar la invitación.

Lalo miró con preocupación a Rodrigo, que tomaba el arnés de Estrás para dirigirse a la torre Norte con sus dos siniestros acompañantes. Estaba seguro de que necesitaba protección.

Berta se dio cuenta de inmediato y se anticipó:

–Nosotros también vamos con vosotros. No sabemos qué estáis haciendo en esa torre y queremos enterarnos.

Al pasar junto a Lalo le guiñó un ojo y él sonrió al comprobar que la jugada había salido bien.

Lalo se lanzó a la carrera hacia el dormitorio. Entró y observó con atención la rosa de los vientos del suelo. ¡Efectivamente, estaba mal orientada! No intentó moverla esperando a que llegaran Ana y Yamil, que aparecieron cinco minutos más tarde, tiempo que a Lalo le pareció una eternidad.

–Hemos tardado un poco porque queríamos estar seguros de que Luis no se daba cuenta de que veníamos.

Ana se colocó con la espalda apoyada en la puerta para evitar entradas imprevistas.

–Bien –intervino Lalo–. Mirad esta rosa de los vientos.

–¡Hala! –exclamó Yamil–. ¡Si no señala el norte!

–Pues eso –explicó Lalo sonriendo–. En la torre Norte ocurría lo mismo, y Rodrigo y yo descubrimos que, si empujábamos la mesa hacia la pared, se desenganchaba el trozo del muro y era posible hacerlo girar hasta que la rosa de los vientos quedaba bien orientada. En el hueco hallamos un pasadizo y unas escaleras que descendían.

–Vamos –dijo Yamil agarrando el borde de la mesa.

–Despacio.

Empujaron suavemente entre los tres. La pared y la mesa que estaba pegada a ella se desplazaron unos centímetros hacia dentro y giraron con sorprendente facilidad.

Lalo se lanzó a su armario a buscar una linterna. En su mesilla, Yamil tenía otra y fue a por ella sin perder un segundo.

A continuación, se asomó al hueco, que estaba cubierto de telarañas y polvo, y comentó:

–¿Cuánto tiempo hará que nadie entra aquí?

–¿Vamos? –preguntó Lalo, sin hacer caso de los remilgos del otro chico. Luego, se dirigió a la chica–: Ana, quédate y no permitas que nadie cruce esa puerta.

–Tened muchísimo cuidado, por favor –suplicó ella.

Yamil tragó saliva. Encendió su linterna y siguió a Lalo, que ya había desaparecido por el angosto agujero.

Ana decidió apagar la luz de la habitación y salir. Era más sensato quedarse en la entrada de la torre e interceptar allí mismo a las visitas inoportunas.

Los dos chicos, por su parte, se enfrentaron a la negrura del agujero por el que tenían que bajar y tragaron saliva. Empezaron a descender sujetándose firmemente a la robusta escalera de madera que estaba pegada a la pared. No había partes rotas ni tampoco humedad o zonas resbaladizas, así que no parecía peligrosa.

Yamil estaba muy tenso.

–Tengo claustrofobia –confesó.

–Respira hondo. Es un poco estrecho pero no es agobiante ni parece peligroso. Piensa en que, seguramente, este descubrimiento nos acerca a tu padre.

–Tienes razón. Es un buen argumento.

Por fin llegaron al final de la escalera. Se encontraron en un espacio mucho más amplio que el que habían utilizado para acceder a las escaleras. Miraron a un lado y a otro y vieron dos puertas. Se dirigieron a la más cercana, la que quedaba a su izquierda. Yamil la empujó con decisión, pero ni tan siquiera crujió. Era demasiado pesada.

–Mira –indicó Lalo–. Si no me equivoco, en esta puerta también hay un cuadrado mágico o lo que sea eso que descubrió Jaime en la biblioteca.

–Todos estos misterios tienen que estar relacionados entre sí –afirmó Yamil.

Lalo seguía observando la puerta.

–¿Cómo se abrirá? –preguntó en voz baja, como para sí mismo.

–No lo sé. Pero lo que sí es seguro es que tras ella se encuentra el mismísimo centro de la torre.

Yamil enfocó el haz de la linterna hacia la otra puerta y los dos se dirigieron a ella.

Al acercarse pudieron comprobar que era también muy pesada, pero no tenía relieves ni adornos.

Sin pensarlo dos veces, Yamil accionó el picaporte y la puerta se abrió sin oponer resistencia. Salieron a un pasillo que, por la izquierda, acababa en una pared sin salida. Así que giraron a la derecha. Diez pasos después se encontraron con dos corredores más grandes a izquierda y a derecha. Se miraron sin saber adónde dirigirse. Pero no era importante. Tenían que explorarlo todo, así que tomaron el corredor de la izquierda.

Después de caminar unos minutos, encontraron a su derecha otro pasillo similar al que habían encontrado a la salida de la puerta de la torre. Llegaron hasta el final y hallaron otra puerta como aquella por la que ellos habían salido. La abrieron y vieron una escalera y otra puerta, muy parecidas ambas a las anteriores.

–Esta debe ser la torre Sudeste, la de la biblioteca –se aventuró a decir Yamil–. Es decir, que estos corredores comunican los cimientos de las torres. Como tú decías, son los sótanos.

–Tenemos que andarnos con cuidado –advirtió Lalo–, porque podríamos despistarnos con facilidad.

–Demos una vuelta completa. Contaremos las torres que recorremos y, luego, volveremos arriba.

–Buena idea.

Recorrieron a toda velocidad los corredores y fueron entrando en cada torre, hasta que se encontraron de nuevo en la que habían utilizado para llegar hasta allí.

Antes de subir, Yamil se detuvo a contemplar la puerta que estaba cerrada, por si se le ocurría un modo de abrirla.

–Estoy seguro de que estas decoraciones son también números mayas que forman un cuadrado mágico. E imagino que serán claves de acceso.

–Es posible –convino Lalo–. Vamos a ver si la cerradura tiene algún teclado que permita introducir un código.

Un grito desde la parte alta de las escaleras les puso los pelos de punta.

–¡Rápido, tenéis que subir ya!

Era Rodrigo el que los llamaba.

Sin pensárselo dos veces, se lanzaron escaleras arriba.

Al final del último tramo, una débil luz indicaba por dónde tenían que salir.

–El Venerable Luis viene hacia acá –anunció Rodrigo, saliendo al rellano a toda prisa.

¡No iban a tener tiempo de cerrar el pasadizo!

Y, de pronto, oyeron los gritos de Rodrigo:

–¡Ay, ay! ¡Qué dolor!

El chico se había tirado al suelo y Estrás aullaba y giraba a su alrededor con desesperación. Lo empujaba con el morro y tiraba de su jersey, intentando ayudarlo a levantarse.

Sin perder un momento, Lalo y Yamil cerraron el acceso al pasadizo. Lalo se metió vestido en la cama y Yamil se encerró en el baño y empezó a fingir arcadas.

El Venerable Luis apareció por la escalera remangándose la túnica para ir más rápido. Frenó en seco al toparse con el chico que estaba tirado en el suelo y le impedía el paso. Ana venía detrás. Miró a Rodrigo y se dio cuenta de inmediato de la jugada.

–¿Qué te ha pasado? –preguntó Luis agachándose para ayudar a su pupilo a levantarse.

–Me he enredado con la correa de Estrás y me he caído –se quejó exagerando mucho los gestos de dolor–. Me he torcido el tobillo.

Ana se adelantó.

–No te muevas nada, nada. Voy a buscar hielo.

Y se lanzó por las escaleras en dirección a la cocina.

–Te llevaré a tu habitación –propuso Luis, dejando ver claramente que estaba ansioso por ver qué pasaba allí dentro.

Rodrigo hizo intención de levantarse y, a continuación, se dejó caer.

–¡Qué dolor! –vociferaba con muchísimos aspavientos.

El pobre Estrás, mientras tanto, aullaba de desesperación e intentaba acurrucarse junto a su amo para consolarlo. Rodrigo sentía en el alma la angustia que estaba pasando su querido perro, pero había tenido que pensar con rapidez para evitar que el Venerable Luis irrumpiera en la habitación en el momento menos oportuno.

# CAPITULO 19

## Luces y sombras

La mañana amaneció envuelta en una neblina gris y pastosa que ralentizaba los movimientos de los habitantes de Almagesto, y todo sucedía a cámara lenta.

Después de los sucesos de la noche anterior, el desasosiego se había apoderado de los chicos. El Venerable Luis era un traidor que manejaba a su antojo a Stefka y a Enrique. El Venerable Manuel seguía desaparecido y no había ninguna pista de dónde podría estar; y Lalo y Jaime habían hecho descubrimientos importantes, pero ignoraban adónde les conducían exactamente.

A la salida de las clases, Lalo vio a Sara, que lo estaba esperando.

–¿Podrías venir un momento, por favor? –pidió ella.

El chico se alejó del grupo mirando por encima del hombro. Descubrió la siniestra mirada de Enrique clavada en su espalda y los ojos de Stefka, infinitamente tristes, perdidos en la lejanía.

Sara y Lalo salieron del edificio y se colocaron en una zona tranquila.

–Me tienes sobre ascuas –confesó Sara–. Por favor, dime en qué consisten los descubrimientos que habéis hecho.

–Creo que hemos avanzado mucho, pero no sé en qué dirección –afirmó el chico–. Aunque ahora sí sabemos que el Venerable Luis, Enrique y Stefka tienen oscuras intenciones hacia Almagesto.

–Manuel estaba en lo cierto –susurró Sara.

–Pues nos lo podría haber advertido –reprochó el chico.

–Él dudaba al principio y no quería condicionar vuestra investigación. Y, ahora que sabemos la verdad, ha desaparecido. Me preocupa lo que le haya podido ocurrir.

–Pues de eso, precisamente, no sabemos nada.

A continuación, Lalo hizo un breve resumen de la situación.

–Es sorprendente que hayáis encontrado cuadrados mágicos en las puertas –comentó Sara asombrada–. Seguro que son los códigos que permiten abrirlas; sin embargo, no entiendo qué significado puede tener el que hay en la puerta de la biblioteca, que ya está abierta.

–Esta investigación es como un enorme puzle –argumentó Lalo–, y cuando vayamos colocando cada pieza en su sitio, encontraremos las respuestas que necesitamos.

–Manuel confiaba mucho en tu inteligencia y tu intuición –manifestó Sara–, y entiendo por qué.

–Te lo agradezco –admitió el muchacho–, hubo un tiempo en el que llegué a pensar que la cabeza solo me servía para memorizar tonterías e inventar misterios donde no los había.

–Ya ves que no es así –concluyó Sara con una sonrisa cómplice.

–Te lo diré cuando este galimatías esté resuelto.

–Y una última advertencia, Lalo: tenéis que andar con mucho cuidado porque os estáis acercando demasiado a los traidores.

Tengo la sensación de que en la biblioteca está la clave de muchos misterios, y no debemos olvidar que Luis es el bibliotecario. Yo que vosotros, la visitaría siempre en grupo.

Lalo asintió con la cabeza. Luego, se despidió de Sara y se alejó.

Caminando a buen paso, atravesó el puente y entró en la torre. De repente, oyó una voz familiar a su espalda.

–Si de verdad eres el Guardián de Almagesto, quizás puedas ayudarme.

La figura de Stefka surgió de las sombras.

–¡Qué susto me has dado! –exclamó el chico dando un respingo.

Lalo reflexionó rápidamente sobre la situación: no podía fiarse de ella, eso estaba claro, y, por consiguiente, no debía desmentir ni ratificar si era el Guardián. Así que se puso a la defensiva:

–¿Por qué dices eso?

–Estoy segura de que el Venerable Manuel solo sería preceptor del Guardián. Eso, al menos, es lo que piensa el Venerable Luis –declaró ella.

–Me parece que te equivocas –objetó Lalo sin dar ni una pista–. No obstante, si necesitas mi ayuda estoy dispuesto a dártela, pero me tienes que contar lo que ocurre.

Stefka sonrió con amargura y comenzó a hablar atropelladamente.

–Luis ha ha secuestrado a mi madre y a mi hermano. Mi madre trabajaba en su obrador. Él empezó a mostrarse muy interesado en nosotros y pensamos que quería ligar con ella. Pero, a medida que pasaba el tiempo, nos iba sorprendiendo más y más su comportamiento, porque estaba siempre atento a lo que mi hermano y yo hacíamos, nos preguntaba continuamente, nos sometía a pruebas extrañísimas... Yo siempre tuve mucha capacidad de observación y fue eso lo que le empujó a utilizarme para llevar a cabo sus perversos planes.

–¿Y cuáles son esos planes exactamente? –preguntó Lalo suspicaz.

–Me ha traído aquí para que obtenga toda la información posible del grupo de los eruditos. Solo si lo hago, liberará a mi madre y a mi hermano; si no, no volveré a verlos... Y son mi única familia.

–¿Y piensas que están prisioneros cerca de aquí? –preguntó Lalo con mucho misterio.

–Estoy segura de que sí, porque llegamos un par de días, antes que vosotros y, de inmediato, desaparecieron. Me parece que quiere tenernos controlados a todos.

–¿Crees que el Venerable Manuel está con ellos?

–No lo sé, de verdad.

Stefka suplicó con lágrimas en los ojos:

–Necesito que me cuentes lo que habéis descubierto. Sé que no confiáis en Enrique ni en mí, pero la vida de mi familia está en vuestras manos y debo demostrar a Luis que he averiguado algo para que no les haga daño. Cuando estén a salvo, prometo que os ayudaré en todo lo que queráis. –Luego, bajó los ojos y concluyó–: No sé qué sería de ellos, y de mí, si Luis llegara a la conclusión de que ya no le resulto útil.

El chico notó un nudo en el estómago y tragó saliva. Después, valoró la situación y decidió no hacer comentario alguno ni actuar, por el momento. Se limitaría a observar y a sacar conclusiones.

-No deberías andar por ahí contando tus problemas a cualquiera -dijo secamente.

-Tú no eres cualquiera, eres el Guardián. Por favor... -volvió a suplicar la chica.

-Pensaré en lo que me has dicho -concluyó él alejándose de la chica.

Si Stefka decía la verdad, la situación que estaba viviendo era terrible. Pero, por otra parte, ella le había pedido ayuda justo en el momento en el que el grupo se había roto. ¿Quién podría asegurar que aquella enternecedora historia no era una pantomima para obtener información, ahora que ya no tenía acceso a ella? ¿Y qué papel tenía Enrique en todo ese barullo?

La comida resultó especialmente tensa. Al terminar, parecía que ninguno iba a abandonar la mesa.

-¿Nos vamos? -indicó Lalo poniéndose de pie bruscamente.

-Sí, en marcha -dijo Enrique levantándose.

-Tú ya no formas parte de este grupo -dijo Jaime cortando cualquier tentativa del otro chico.

-¿Pero qué dices? ¿Por qué...?

-No confiamos en ti -concluyó Yamil.

Ana y Berta se levantaron también y Stefka hizo intención de ir tras ellas, pero la mirada de ambas le dejó claro que ella tampoco era bien recibida.

Llegaron a la explanada y buscaron una zona apartada del trasiego de chicos que entraban y salían de Almagesto. Se sentaron a la sombra de un gran roble y comenzaron a hablar.

−Esto ha sido un auténtico órdago −comentó Lalo−. Cuando Luis se entere de que los hemos apartado, todo se va a poner muy difícil.

−Ya, pero tenemos grandes misterios ante nosotros y muy poco tiempo −ratificó Yamil−. No podemos perder ni un instante escondiéndonos de esos dos.

−Sin embargo, hasta ahora, nos resultaba fácil tenerlos controlados −reflexionó Rodrigo−. ¿Os gusta el cine?

Todas las cabezas se volvieron hacia él mostrando extrañeza: ¿Qué tenía eso que ver con lo que estaban hablando?

Rodrigo sonrió al imaginar el desconcierto en los rostros de sus amigos y aclaró:

–A mí me encanta el cine, aunque nunca, en mi vida, he visto una película, como podréis suponer. Pero las escucho una y otra vez y disfruto imaginando a los personajes, sus gestos y movimientos y los lugares en los que se encuentran. Pues bien, Vito Corleone, el protagonista de *El Padrino*, afirma lo siguiente: "Ten siempre cerca a tus amigos y aún más cerca a tus enemigos". Nosotros acabamos de perder la ocasión de ponerlo en práctica.

Todos se quedaron mudos.

–Yo creo que no podíamos mantener más este doble juego –opinó Ana rompiendo el silencio.

–Estoy de acuerdo –ratificó Jaime–. Es mejor saber dónde está cada uno.

–Solo os advierto que, a partir de ahora, tenemos que contemplar el modo de protegernos –recordó Rodrigo.

–Algo así me ha aconsejado la Venerable Sara antes de comer –informó Lalo.

–Cuéntanos lo que te ha dicho, por favor –pidió Yamil, notablemente ansioso.

Lalo resumió en pocas palabras su conversación con Sara.

–Y, ahora, tenemos que recapitular y decidir cuáles serán nuestros siguientes pasos –concluyó el chico.

Se produjo un murmullo de aprobación.

–Me parece que tenemos dos frentes abiertos –puntualizó Berta tomando la iniciativa–; uno está en los sótanos y el otro en la sala de meditación. Por lo tanto, deberíamos dividirnos en dos grupos: uno bajará a los sótanos y copiará las figuras de las puertas, y el otro intentará descifrar los símbolos que rodean el fresco de Almagesto.

–En la clase de Criptología nos han enseñado algunas técnicas de encriptación de datos –anunció Ana–. Me gustaría intentar descifrarlos.

Berta sonrió a su amiga; no tenía ninguna duda de que era muy especial, tanto como para pertenecer al grupo de los eruditos.

–Mira, yo copié esos símbolos –indicó Lalo mostrando su cuaderno–, pero quizás sea mejor que los veas tú misma.

–Creo que sí –ratificó ella.

Sin perder ni un instante, Berta, Ana y Lalo se dirigieron a la sala de meditación mientras los demás corrían a la habitación.

–¿Crees que estamos en peligro de verdad? –preguntó Jaime a Rodrigo.

–Sí –respondió él.

–Pues no me tranquilizas nada –farfulló el primero.

–Ya. Pero es así. Estaremos a salvo mientras sigamos investigando. Cuando los malvados tengan la información que están buscando, no nos necesitarán y...

–Ya. No lo digas, que se me ponen los pelos de punta –concluyó Yamil estremeciéndose.

En su camino hacia el dormitorio iban mirando a todos lados para intentar descubrir dónde estaban Enrique y Stefka, pero no hallaron ni rastro de ellos. A quien sí encontraron fue a Sara, que los saludó muy sonriente.

–¿Nos harías un favor, Venerable Sara? –solicitó Jaime.

–Lo que sea –ofreció ella.

—Necesitamos que mantengas a raya a Stefka y a Enrique —explicó el chico—. Los hemos apartado del grupo y ahora intentarán, por las buenas o por las malas, obtener información.

Yamil intervino para aclarar:

—Nosotros vamos al dormitorio, y los otros están en la sala de meditación. Por favor, impide que se acerquen a ninguno de los dos sitios.

—Es muy importante que no sepan lo que hacemos —insistió Rodrigo—. Ni ellos, ni el Venerable Luis.

—Mantendré los ojos bien abiertos —concluyó ella.

Los tres amigos se despidieron de la preceptora y se dirigieron apresuradamente a la torre Suroeste.

—Quiero bajar con vosotros —afirmó Rodrigo.

—¿Crees que es buena idea? —preguntó Jaime.

—Tengo que hacerlo.

Era la hora de la siesta y todo estaba bastante tranquilo. Llegaron al dormitorio sin cruzarse con nadie. Entraron, cerraron la puerta y, sin dudarlo ni un instante, abrieron el pasadizo que daba acceso a las escaleras.

# CAPITULO 20

## Oscuridad

Al entrar en la sala de meditación, Ana se abalanzó sobre la mesa para acercarse todo lo posible al fresco.

–Te voy a mostrar las fotografías en el ordenador –ofreció Lalo–. Lo verás mucho mejor.

Ana se sentó y empezó a pasar las imágenes y a ampliarlas para captar cada detalle. Tomaba notas y comprobaba las figuras una y otra vez.

Mientras tanto, Berta y Lalo observaban en silencio desde una distancia prudente, intentando no distraer a Ana.

El fresco estaba enmarcado por una cenefa dividida en rectángulos, cada uno de los cuales aparecía decorado con sencillos símbolos que se repetían. Se fijaron mejor y vieron que esas repeticiones no seguían un patrón, sino que eran, al parecer, aleatorias. Los rectángulos que formaban los vértices estaban destacados, igual que el recuadro central de la parte superior. La pentalipse de Almagesto aparecía marcando justo ese recuadro central, porque la elipse del vértice superior entraba en él. La decoración resultaba sencilla pero muy elegante, y los chicos estaban seguros de que tenía, además, un significado oculto.

Al cabo de un rato, Ana se volvió y dijo, no sin cierta inseguridad:

–Creo que lo he descifrado.

Berta sonrió abiertamente y se dirigió hacia ella con los brazos abiertos para abrazarla.

–¡Eres un "cocazo"!

–Estoy un poco agobiada –confesó la chica mientras se encogía ante las muestras de afecto de su amiga–, porque me parece extraño que yo haya sido capaz de comprender este jeroglífico, pero estoy casi segura de que tengo la clave.

–¿Nos lo quieres contar? –sugirió Lalo–. A mí me suele ayudar decir en voz alta lo que pienso, así comprendo mejor las cosas.

Ana les hizo una seña para que se aproximaran.

–Los símbolos que aparecen en el marco son solo dos, combinados de diferentes maneras. ¿Lo veis? –indicó–. Pues bien, si entendemos que uno de los símbolos representa el 1 y otro representa el 0...

–¡Es un código binario! –exclamó Lalo entusiasmado.

–¡Impresionante! –gritó Berta con admiración.

–Es un código muy sencillo, pero muy acertado porque, a primera vista, puede parecer solo una decoración geométrica.

–Lalo, elige un recuadro –pidió Ana.

–Este de arriba, el penúltimo por la derecha –indicó Lalo señalando un recuadro.

–¿El que tiene cuatro símbolos? –preguntó Berta.

–Sí, ese –ratificó Lalo.

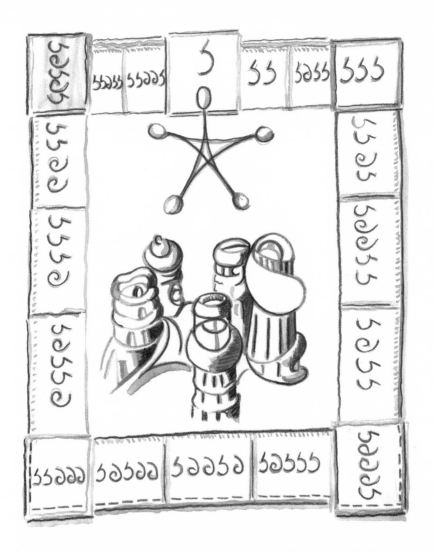

-Pues bien –continuó Ana–, si sustituimos los símbolos por unos y ceros...

-¡Hala, es el número 13! –se sorprendió el chico dando un silbido.

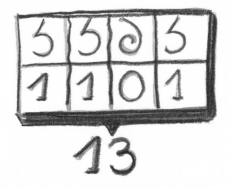

—Entonces, cada uno de los recuadros del fresco representa un número en sistema binario —se emocionó Berta, subiendo la voz.

—Y seguro que esos números son una clave —concluyó Ana sonriendo.

—En una ocasión leí que los matemáticos y geómetras griegos y egipcios otorgaban tanto valor a la precisión de los cálculos y de las expresiones matemáticas como a su elegancia —refirió Berta.

—Está claro —puntualizó Lalo—, la elegancia tiene que ver con la sencillez, la limpieza, la eficacia...

—Y en este caso, este código cumple, más que de sobra, con esas condiciones —ratificó Ana—. Además, en todas las "pelis" de misterio que he visto dicen que el mejor modo de ocultar algo es dejarlo a la vista de todo el mundo.

—Pues aquí lo han hecho a las mil maravillas —concluyó Lalo.

—¿Y para qué crees que sirven esos símbolos? —preguntó Berta.

—La verdad es que aún no tengo respuesta para eso, pero creo que hemos dado un gran paso —admitió Ana.

—Seguro que este descubrimiento es una pieza fundamental en nuestro puzle —aseguró Lalo—. Además, estoy convencido de que no es solo estético el hecho de que la pentalipse marque precisamente ese recuadro central.

En ese instante llamaron a la puerta. Los tres chicos se quedaron petrificados y Ana guardó en su pantalón a toda prisa sus notas y dibujos.

Lalo fue a abrir. En la puerta estaban sus compañeros, que se precipitaron de inmediato al interior de la sala.

–¡Ya lo tenemos! –anunció Jaime mostrando su cuaderno–. Hemos bajado a los sótanos y hemos copiado todos los cuadrados mágicos de las puertas. Mirad.

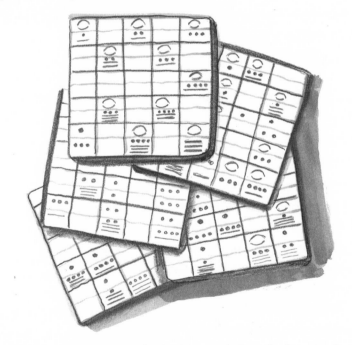

–¿Vosotros habéis descifrado los símbolos de la cenefa del fresco? –preguntó Yamil ansioso.

–Me parece que sí –comunicó tímidamente Ana.

A continuación, explicó con detalle su hallazgo.

–Tenemos que ordenar los datos cuanto antes –dijo Jaime tomando la iniciativa–. Transformaremos en números arábigos todos los símbolos de las puertas y, luego, completaremos los cuadrados mágicos con los números que faltan. Y vosotros, transformad ese código binario en números de base decimal.

Se sentaron alrededor de la mesa y empezaron a trabajar a toda velocidad, cuchicheando entre sí.

–Esto es un uno...

–Las filas y columnas de este cuadrado suman doscientos veinticinco...

–Aquí tiene que ir un número mayor que diez...

Llamaron de nuevo a la puerta. Los chicos se pusieron rígidos y contuvieron la respiración.

Berta se acercó.

–¿Quién es? –preguntó.

–Soy Sara.

Abrió y encontró a la venerable desencajada.

–He encontrado esto sobre mi cama –dijo alargando un papel escrito con una caligrafía irregular.

Entraron y cerraron la puerta tras de sí después de comprobar que no había nadie en la escalera.

Berta leyó en voz alta:

–"Manuel tiene las horas contadas. Si no queréis ser responsables de su desaparición, id a la biblioteca a las ocho de esta tarde para entregar todos vuestros descubrimientos. Luego, los eruditos desapareceréis de Almagesto para siempre y dejaréis paso a quienes utilizarán el poder de este lugar para crear un nuevo orden en el mundo."

Berta cerró los ojos y levantó la cabeza, como intentando procesar aquella amenaza.

–Mi padre... –gimió Yamil–. Tenemos que liberarlo como sea...

–De modo que era eso... –concluyó Rodrigo–. El objetivo de estos indeseables es poner a su servicio el poder de este sitio.

–No podemos consentirlo –afirmó Lalo apasionadamente.

–¿Y qué vamos a hacer nosotros? –cuestionó Ana con desánimo.

Yamil surgió súbitamente de su desesperación.

–Ya no llegamos a lectura guiada –informó después de mirar su reloj–. Son las cuatro y media, así que tenemos hasta las ocho para seguir avanzando. El único modo de salvar a mi padre y alejar a los traidores de Almagesto es ir varios pasos por delante de ellos.

–Tienes razón –ratificó Jaime–. ¿Cuál debería ser nuestro siguiente paso?

–Confío en vosotros totalmente –afirmó Sara interrumpiendo la conversación–. Creo que yo no hago falta aquí. Voy a intentar mantener a raya a nuestros tres "peligrosos amigos". Es lo mejor.

–Como Guardián de Almagesto, nunca olvidaré lo que estás haciendo –agradeció Rodrigo en tono solemne.

La venerable y Yamil se volvieron hacia el chico, que sonreía, consciente del bombazo que había supuesto para ambos recibir aquella noticia.

–Nos tienes que contar muchas cosas cuando todo esto haya pasado –afirmó Yamil agitando su dedo índice ante la nariz de Rodrigo, como si el chico pudiera verlo.

–Yo pienso lo mismo –corroboró Sara.

La mujer fue hacia la puerta dando grandes zancadas, la abrió con sigilo y volvió a cerrar sin hacer ruido.

–Y, ahora, ¿qué? –preguntó Ana, haciendo que todos volvieran a la realidad.

–Tenemos que comprender la relación entre los símbolos de este fresco y los cuadrados mágicos de las puertas –reflexionó Berta.

Tenían esparcidos sobre la mesa los papeles con los datos. Ahora todos los números eran arábigos.

Rodrigo se sentó en una de las colchonetas y empezó a hacer algunos ejercicios de relajación, porque, en esta ocasión, poco podía ayudar; Berta empezó a caminar despacio alrededor de la sala; Yamil observaba el dibujo de Almagesto desde lejos, como intentando obtener otra perspectiva; y Lalo, Jaime y Ana estaban enfrascados en el estudio de los papeles.

–No sé si tiene alguna importancia –comentó Ana como de pasada–, pero he encontrado una cosa curiosa.

Todos se precipitaron a la mesa y la chica indicó:

–Mirad: el número que aparece en el recuadro central de la cenefa es el 1. Solo el cuadrado mágico de la torre Norte contiene el 1.

–Seguro que significa algo –opinó Lalo mostrando seguridad.

–Pues bien –continuó Ana–, ¿y si los números que hemos extraído de la cenefa forman en realidad los códigos de apertura de las puertas?

–¡Claro que sí!

–Y aún hay algo más –insistió Ana–: recordad que, para abrir los pasadizos, hemos tenido que orientar las rosas de los vientos y las pentalipses correctamente al norte; es decir, el norte es la referencia, porque todo en este sitio funciona como un mapa. Bien, pues yo creo que esa elipse que entra en el recuadro de la parte superior representa la torre Norte, y el número que señala es el primero del código de apertura de su puerta.

–No entiendo nada –confesó Berta.

–Creo que yo sí –se anticipó Lalo–. El número 1 debería ser el primero del código de apertura. Los tres siguientes que aparecen a su derecha, quizás sean los que completan el código.

–Ya –objetó Yamil–, pero lo que no hemos sido capaces de encontrar en ningún caso es el teclado o la cerradura donde insertar ese código.

–Creo que en eso sí puedo ayudar –afirmó Rodrigo–. Dos de nosotros bajaremos al sótano de una torre; de esta, por ejemplo.

Yo exploraré la puerta con el tacto para intentar encontrar el modo de insertar el código.

–Puede ser peligroso –avisó Berta con preocupación.

–Más peligroso sería que no encontráramos respuestas –rebatió Rodrigo–. Si no somos capaces de despejar esta situación, estaremos todos en riesgo. No puedo dejar que me venza el miedo.

–Yo bajaré contigo y te protegeré –se ofreció Yamil–. No sabía cuál era mi papel aquí, pero ahora lo tengo claro: seré tus ojos y también tus puños, si hace falta.

Rodrigo apretó el brazo del chico con afecto.

–Yo también bajaré –afirmó Ana en un susurro–. He descubierto el significado de los símbolos del fresco, y creo que podría ayudar si encontramos algún otro criptograma que descifrar.

–Es cierto –ratificó Jaime pensativo–. Yo también quiero bajar.

Berta se acercó a él, tomó su mano y la apretó muy fuerte.

–Así que Berta y yo nos quedamos aquí, está claro –dedujo Lalo–. Pero quiero hacer una advertencia: tengo la corazonada de que esta torre es especialmente peligrosa porque en su alma está la Quinta Piedra, que es una fuente de energía poderosísima y, por lo visto, está descontrolada. Por otro lado, me ronda en la cabeza la idea de que no sabemos cómo murió el anterior Guardián.

–Fue asesinado cuando intentaba proteger la piedra –se anticipó Rodrigo con seguridad.

–O quizás no fue así –concluyó Yamil, sembrando las dudas en todos los que le escuchaban.

# CAPITULO 21
## Lúgubres destellos

Accionaron el dispositivo que permitía abrir la puerta para acceder al pasadizo.

Jaime buscó los labios de Berta, que respondió a su gesto con un beso suave y triste. Ella no dijo nada, pero las lágrimas en sus ojos mostraban sin lugar a dudas la angustia que sentía en ese momento.

A continuación, Ana abrazó a su amiga, justo antes de perderse también en la negrura del diminuto espacio.

Rodrigo ordenó a Estrás que se sentara; luego, Yamil lo condujo hasta las escaleras y el chico empezó a descender por ellas con precaución. El pobre animal mostró su inquietud al ver desaparecer a su dueño y comenzó a aullar bajito.

Lalo se acercó a él y lo acarició con cariño.

–No te preocupes, perrito, tu amo volverá pronto.

–Tenéis que cerrar el pasadizo –pidió Yamil cuando ya se perdía en la oscuridad, siguiendo a Rodrigo–. Dadnos media hora. Alguno de nosotros subirá para poneros al corriente de nuestras investigaciones.

Berta y Lalo se quedaron mirando hacia el negro hueco.

–Somos unos insensatos –opinó Lalo–. Estamos asumiendo unos riesgos enormes y no somos más que unos mocosos arrogantes.

–Espero que no tengas razón –objetó ella–, porque en esta misión, o lo que sea esto en lo que nos hemos metido, nos jugamos mucho más que nuestras propias vidas. Si los venerables han confiado en nosotros, deberíamos tener la esperanza de que sabrán lo que hacen.

–Es una buena perspectiva –tuvo que reconocer Lalo mientras miraba a la chica con media sonrisa.

–¿Sabes una cosa, Lalo?

–¿Qué?

–Pues que estoy contenta de haberos conocido. Sois el grupo de chavales más sorprendente del mundo.

–¡Mucho ojito con lo que dices! –bromeó el chico–. Nada de "chavales": estás hablando, nada menos, con uno de los eruditos de Almagesto.

–Tienes razón, perdona mi atrevimiento– se disculpó ella con ironía, inclinándose–. Pero lo mejor de todo es que mi querida Ana ha encontrado un camino, porque estaba terriblemente desanimada hace solo unos días.

–Eres buena gente –concluyó Lalo, tomando por el hombro amistosamente a Berta–. Muy buena gente. Y, ahora, vamos a cerrar el pasadizo.

El tiempo volaba para el grupo que se había introducido en el sótano.

Los cuatro se encontraban frente a la puerta que daba acceso al alma de la torre y contemplaban los símbolos con atención.

Jaime confirmaba minuciosamente que no se había equivocado al trasladar los símbolos mayas a números arábigos y que había completado correctamente el cuadrado mágico.

–La clave debería ser entonces... –dijo por fin como para sí mismo–: 1, 3, 13 y 7.

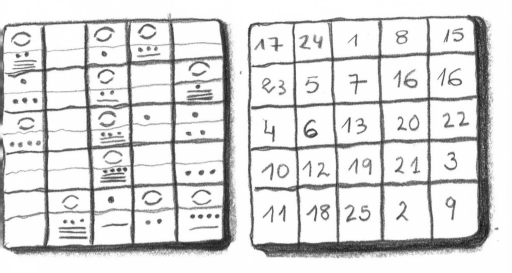

–Es lógico –opinó Yamil–. Pero ahora tenemos que averiguar de qué modo insertamos esa clave para lograr que esta puerta se abra.

–Dejadme que lo intente –se ofreció Rodrigo avanzando unos pasos.

Yamil lo condujo hasta la puerta y guio su mano derecha hasta posarla sobre el recuadro central de la línea superior.

–¡Qué casualidad! –exclamó Rodrigo de pronto–. El número que hay en este recuadro, si no me equivoco, es el 1.

–Me dejas sin respiración –dijo Jaime admirado–. Solo con escucharnos has comprendido cómo se forman estos números.

Efectivamente, es el 1, igual que el número que aparece en el recuadro central de la cenefa del fresco.

Se hizo el silencio.

Rodrigo pasaba sus dedos suavemente sobre la superficie de la puerta. El tiempo se dilataba y el silencio y la oscuridad envolvían los pensamientos de los cuatro jóvenes.

–Me parece que sé abrir la puerta –comunicó por fin.

–¿Y cómo se hace? –quiso saber Yamil, mostrando una gran agitación.

–Los recuadros de la puerta son móviles –explicó el chico–. Imagino que presionándolos en el orden correcto, la puerta se abrirá.

–¿Así que tenemos que presionar el recuadro que contiene el 1, el que contiene el 3, el del 13 y el del 7? ¿En ese orden?

–Estoy casi seguro de que es así –sentenció con seguridad, dando unos pasos hacia atrás.

–Yo lo haré –dijo Yamil adelantándose.

–¿No habrá peligro, verdad? –preguntó Ana con preocupación, sujetando un momento al chico por el brazo.

Él la miró sonriendo imperceptiblemente.

–Si estamos en lo cierto, no creo que haya problema –explicó Rodrigo–. Pero eso no quiere decir que cuando entremos en el alma de la torre no encontremos alguna sorpresa desagradable esperándonos.

Yamil tomó aire y se aproximó a la puerta. Lentamente, fue presionando los recuadros que formaban el código; cuando llegó al cuarto, al que contenía el número 7, lo presionó suavemente y se apartó. El sonido de un mecanismo hizo que todos dieran un paso atrás. Esperaron unos instantes y, de repente, la puerta se abrió.

Yamil se lanzó al interior del alma de la torre.

–¡No entres aún! –advirtió Rodrigo sin lograr que se detuviera.

–Venid, rápido –llamó el chico desde el interior.

Acudieron a la llamada despacio, con cautela. Casi se podían escuchar los porrazos de sus corazones latiendo con furia.

La estancia era, como todo en Almagesto, ovalada. En el centro, había una especie de altar vacío. Y, entre el altar y la puerta, estaba tirada en el suelo una piedra de color azul, similar al lapislázuli, que podría tener unos veinte o veintidós centímetros de alto.

–¡La Quinta Piedra! –exclamó Yamil alargando las manos para alcanzarla.

–¡Ni se te ocurra! Antes de hacer nada, debemos pensar en las consecuencias –le frenó Ana, dirigiendo a continuación su linterna hacia unas extrañas siluetas de polvo negro que estaban impresas en el suelo–. Mirad estas figuras. Son muy siniestras.

–Por favor, explicadme cómo son –pidió Rodrigo.

–Pues parecen los dibujos que hacen los forenses en el escenario de un crimen para marcar la posición del cadáver –describió Ana.

–Y hay un montón de ellas –puntualizó Jaime–. Todas en posiciones muy forzadas.

–¡Es terrible! –exclamó Rodrigo–. Me parece que esas siluetas son los restos de los que han pretendido apoderarse de la Quinta Piedra.

–¿Y qué hacemos ahora? –preguntó Ana descorazonada–. No podemos arriesgarnos a tocar la piedra; podríamos acabar así.

–No tenemos tiempo, lo siento –zanjó Yamil, mirando a sus compañeros con un gesto de enorme tristeza.

Sin que ninguno pudiera hacer nada para detenerlo, el chico cogió la piedra entre sus brazos y la levantó suavemente. Los demás contuvieron la respiración mientras él la depositaba en su alojamiento, en el altar.

De pronto, un halo de luz potentísimo surgió de la piedra y se proyectó hacia arriba.

Ana se agarró al brazo de Yamil mientras miraba con los ojos entreabiertos aquel rayo de luz azul.

–Imagino que el medidor de energía habrá reflejado esta variación claramente –comentó Rodrigo–. Ahora todos en Almagesto sabrán que hemos accedido al alma de la torre Norte.

–La piedra está en su sitio –sentenció Jaime dirigiéndose a la puerta–. Nuestra misión ha terminado.

Pero el chico no contaba con que aún había muchas cosas a su alrededor que impedían el renacimiento de Almagesto.

Apenas habían transcurrido unos instantes cuando los cuatro amigos escucharon ruidos en la escalera.

–Alguien viene –susurró Rodrigo.

Yamil lo arrastró al fondo de la sala para ocultarlo y avanzó hacia la entrada. Ana lo siguió decidida.

–No te muevas de ahí, por favor –suplicó Jaime a Rodrigo mientras salía tras sus compañeros.

El chico se acurrucó y puso toda su atención en la conversación que se desarrollaba en la estancia contigua.

–Así que, por fin, habéis conseguido entrar en el alma de la torre Norte –oyó decir al Venerable Luis–. Imagino que ninguna de las puertas tiene ya secretos para vosotros.

–Hay muchos secretos que desvelar aún –refutó Ana levantando la barbilla, desafiante–. Este lugar esconde un misterio en cada uno de sus rincones.

El hombre empujó sin contemplaciones a los tres chicos para abrirse paso hacia el alma de la torre. Cuando entró, se detuvo a contemplar la piedra y el rayo de luz que proyectaba.

A continuación, se abalanzó sobre el altar y tomó la Quinta Piedra entre sus manos. Los chicos vieron cómo sufría algo similar a una sacudida, pero, lejos de desistir, la levantó con fuerza y la apoyó contra su pecho.

Todo ocurrió de repente. Luis comenzó a dar aullidos; su rostro reflejaba pánico. La piedra brillaba cada vez con más intensidad, convirtiendo al hombre en un ser azul semitransparente. Los acontecimientos se sucedían ante los ojos de los eruditos como en una película de cine mudo.

En un momento, la túnica del venerable quedó envuelta en llamas. Él se tiró al suelo y empezó a rodar sin soltar su tesoro, pero, poco a poco, su cuerpo se iba desintegrando y convirtiéndose en un polvo chamuscado.

Finalmente, la silueta del Venerable Luis quedó impresa en el suelo de la sala. Estaba formada por un polvo negro y pegajoso. Y la piedra se encontraba de pie, sobre la siniestra sombra, como mostrando su victoria.

–¿Qué ha pasado exactamente? –quiso saber Rodrigo.

Yamil le contó sin mucho detalle lo que acababa de suceder y el Guardián movió la cabeza de un lado a otro, apesadumbrado.

–¡Qué pena me da! –se compadeció Rodrigo–. Alguien como Luis, que tuvo a su alcance la sabiduría y la bondad, decidió convertirse en una siniestra sombra.

Ninguno añadió nada porque estaban de acuerdo en que era más digno de lástima que de rencor.

Yamil tendió sus manos de nuevo hacia la piedra.

–¡No! –intentó detenerlo Ana.

–Antes no me ocurrió nada y no me pasará nada ahora –afirmó él con una seguridad pasmosa.

En efecto, el chico levantó la piedra y la colocó de nuevo en su alojamiento. Y, otra vez, apareció ante sus ojos el brillante rayo de energía que producía.

Inesperadamente, la puerta empezó a cerrarse. Yamil se lanzó a sujetarla, pero pesaba demasiado, como si una fuerza sobrenatural la empujara.

–¡Rápido! Tenéis que salir. No puedo sujetarla.

Jaime unió sus fuerzas a las de su compañero mientras Ana cogía por el brazo a Rodrigo y lo arrastraba a la salida a toda velocidad.

Instantes después, los cuatro se encontraban de nuevo en la pequeña sala de la que partían las escaleras.

–¡Mirad! –gritó Ana señalando la puerta que se había cerrado dando un golpetazo.

Los cuadrados que decoraban la superficie de la puerta empezaron a cambiar a gran velocidad y estuvieron reajustándose durante un buen rato. Cuando el proceso terminó y quedó todo en silencio, los eruditos se acercaron y pudieron comprobar que las decoraciones que mostraba ahora eran diferentes a las que habían encontrado al llegar.

–¡Menos mal que sabemos cómo funciona esto y podemos abrirlo de nuevo cuando queramos! –comentó Jaime.

–Me temo que no, amigo mío –contradijo Rodrigo–. El alma de cada torre permanece cerrada un mínimo de diez años. Aunque ahora consiguieras descifrar la clave, la puerta no se abriría. Es como una caja fuerte de apertura retardada.

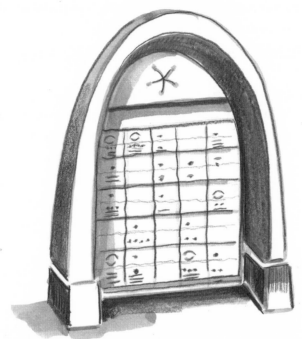

–¿Y las puertas de las otras torres? –se interesó Yamil.

–Todas ellas fueron abiertas por última vez hace más de diez años. Pero, como sabéis, las otras cuatro piedras han desaparecido, por lo tanto, si accedemos a las almas de las otras cuatro torres y no devolvemos las piedras a sus alojamientos, habremos perdido la oportunidad hasta dentro de diez años. No nos podremos arriesgar.

Los demás se mostraron de acuerdo.

–¿Subimos? –propuso Yamil, dirigiéndose a la escalera–. Ahora que todo ha pasado, tenemos que ir a buscar a mi padre.

Iban a comenzar el ascenso cuando la voz de Jaime los detuvo.

–¿Cómo creéis que pudo llegar Luis hasta aquí?

–¡Ha entrado por la sala de meditación! –exclamó espantada Ana.

–Sí. Pero no habrá dejado allí solos a Berta y a Lalo, ¿no os parece?

Se apoyaron en la pared y miraron hacia arriba con angustia. No se oía nada, pero estaban seguros de que, en la salida, les esperaba una desagradable bienvenida.

# CAPITULO 22
## Luz de amanecer

La angustia atenazaba a Lalo y a Berta en la sala de meditación, y no solo por lo que podría ocurrirles a sus amigos al final de aquel interminable y siniestro agujero, sino porque Luis y Enrique habían irrumpido en la estancia justo cuando los dos eruditos iban a cerrar el acceso a la escalera.

En un instante, maniataron a Lalo y a Berta con unas bridas de plástico y anudaron la correa de Estrás a una argolla que sobresalía de la pared.

A continuación, Luis había bajado por la escalera, dejando a Enrique de centinela.

Lalo miraba a su guardián con ojos furiosos. Berta, sin embargo, mantenía la calma y tuvo una idea.

–¿Por qué haces esto, Enrique? –preguntó.

–No te importan mis razones –se revolvió él sin más.

–Sí me importan. Tú sabes cuál es mi papel en el grupo de los eruditos.

–¡Ja! –se burló Enrique mirándola con los ojos encendidos–. Vaya con la niña melosa que se cree con derecho a ser un miembro destacado de Almagesto.

–No conseguirás que me enfrente a ti con insultos y malos rollos. Solo quiero comprender por qué lo haces.

Enrique se acercó a los dos chicos que permanecían atados y, acercando mucho su cara a la de Berta, vomitó su historia.

–¿Quieres saber por qué? ¿Lo quieres saber? Pues te lo voy a decir. Almagesto es la causa de mi desgraciada vida. Mis padres tuvieron un accidente por acudir a la llamada del Venerable Manuel cuando el anterior Guardián desapareció.

Enrique empezó a dar vueltas, furioso, por la sala. Estrás lo miraba y gruñía cada vez que el chico pasaba cerca de él.

–Pero yo pensaba que eras feliz con tus tíos –dudó Berta.

–¡Feliz! ¿Quién puede ser feliz rodeado de estúpidos? Son tan tontos que no sirven ni para ser malvados.

–Por lo que cuentas, no creo que nada ni nadie tenga la culpa de esa ira que te está consumiendo. Eres tú el que no ha sabido encontrar un buen modo de enfrentarse a la vida.

–¿Mira quién fue a hablar? Tu mamá está orgullosa de ti, tu papá también, y eres tan encantadora que hasta la novia de tu padre te tiene cariño –concluyó haciendo el gesto de introducir sus dedos en la boca como para provocarse una arcada.

–Eres un tipo inteligente –dijo Lalo sumándose a la estrategia que Berta había iniciado–. ¿Cómo es que no has aprovechado la oportunidad que te ha ofrecido Almagesto?

–Porque no me interesa. No quiero saber nada de este sitio. Y es más, lo que deseo de todo corazón es que desaparezca de la faz de la Tierra.

–No conseguirás que fracasemos –aseveró Berta rotundamente–. Nosotros somos más, estamos dispuestos a seguir adelante y no perseguimos la destrucción de nada ni nadie; ni siquiera la tuya. Eso nos da poder.

–No tienes ni idea –contraatacó Enrique–. Somos tantos y tenemos tanto poder, que podríamos organizar un ejército para marchar sobre Almagesto y destruirlo.

–¿Y por qué no lo hacéis si sois tan poderosos? –preguntó Lalo.

Enrique se vio sorprendido y abrió la boca, como para contestar, pero dudó un momento y zanjó la cuestión:

–Se acabó la conversación. Ya lo comprobaréis cuando llegue el momento.

De pronto, una sacudida, como un pequeño terremoto, agitó el suelo.

Enrique corrió a la entrada y llamó con voz apenas audible:

–¿Luis, qué ha sido eso?

Esperó. Pero no hubo respuesta.

–¿Qué crees que hará tu "villano favorito" cuando consiga la piedra? –preguntó Lalo, intentando aprovechar la fragilidad de las explicaciones de Enrique.

–La llevaremos a un lugar que solo él conoce y allí pondremos su energía a nuestro servicio –explicó el chico convencido.

–Que solo él conoce, ¿no? Pues, a lo mejor, cuando llegue el momento, en ese lugar tan secreto solo hay espacio para uno –ironizó Lalo sonriendo de medio lado.

–¡No sabes lo que dices! –aulló Enrique dando por terminada la charla.

Unos leves sonidos emergieron del hueco de la escalera. Enrique se aproximó y prestó atención. Pero ya no se escuchaba nada.

En tanto, los chicos que se encontraban en el sótano sabían ya a ciencia cierta que Enrique los esperaba en la sala de meditación.

–Nosotros somos cuatro y él es solo uno –argumentó Yamil muy seguro.

–Pero no queremos que ocurra nada malo –razonó Ana–. Es mejor trazar un plan para pillarlo desprevenido. Además, tampoco sabemos qué papel juega ahora mismo Stefka y, si está con él, tenemos que andar con cuidado.

Después de discurrir unos instantes, los chicos pensaron que podrían acceder a otra torre por el subterráneo.

–El pasadizo de nuestro dormitorio llega también al sótano –recapituló Jaime–. Pero no sabemos si podremos accionar el dispositivo desde el interior.

–¿Y si intentamos salir por la torre de la biblioteca, que suele estar más tranquila? –propuso Yamil–. Luis ya no es un peligro y podríamos explorar si hay acceso desde allí.

A todos les pareció una buena idea y, sin perder un instante, salieron al pasillo.

Llegaron al corredor principal y lo tomaron a la derecha.

–La biblioteca es la segunda torre, así que tenemos que continuar –informó Jaime cuando llegaron al primer cruce de pasillos.

Siguieron andando y tomaron el pasillo que daba acceso a la siguiente torre. Abrieron la puerta y encontraron una pared a menos de un metro de distancia. A su izquierda, una rampa ascendía encajonada entre el muro exterior y la pared.

–¿Cómo se llegará al alma de la torre? –preguntó Ana palpando el tabique para intentar descubrir una hendidura o un mecanismo de apertura–. No hay ninguna puerta.

–Más tarde lo pensaremos. Ahora vamos a subir por aquí –sugirió Jaime–. No hay otra opción.

–¡Qué estrecho es esto! –se quejó Yamil.

Se pusieron en fila e iniciaron el ascenso.

Al cabo de un buen rato llegaron al final de la rampa, que acababa en una pared, en cuyo centro había un hueco, como una hornacina cuadrada.

–¡Qué raro que esta rampa no lleve a ninguna parte! –comentó Yamil jadeando.

–Tenemos que retroceder –anunció Rodrigo–. Si no hay salida, no deberíamos perder más el tiempo.

–¡Chsss! –ordenó Ana llevándose el dedo índice a los labios–. Escuchad.

Se oían voces.

–Será en la biblioteca –se aventuró a decir Jaime.

–¡Es la voz de mi padre! –interrumpió Yamil bruscamente–. ¡Papá! ¡Papá! –chilló con todas sus fuerzas.

–Yamil... –oyeron débilmente.

–Vamos a buscar una entrada –apremió el chico, mirando a su alrededor con desesperación.

–¿Y si no hay entrada desde aquí? –preguntó Rodrigo.

–¡Tiene que haberla! –aulló el otro.

–Tranquilo, Yamil –le tranquilizó el Guardián–. Ya sabemos que tu padre está en la torre de la biblioteca, aunque no tenemos ni idea de por dónde podemos llegar a él. Pero solo es cuestión de tiempo que lo rescatemos. Ahora, vamos a pensar con sosiego, por favor.

Rodrigo, entonces, empezó a golpear con los nudillos la pared interior, pero no había ni un solo centímetro en el que los golpes sonaran huecos.

Dieron varias vueltas al estrecho habitáculo y, por fin, se sentaron en el suelo sin saber qué hacer.

Yamil dio un fuerte puñetazo en la pared del fondo, la que les cerraba el paso y, en ese momento, desde el otro lado, un golpe le respondió.

–Está aquí, ¡mi padre está aquí! –gimió el chico con lágrimas en los ojos.

—¿Os habéis fijado? Aquí hay una pequeña hendidura —dijo Ana pasando el dedo por el ángulo que formaba el fondo de la hornacina—. ¿Y si empujamos? A lo mejor se desplaza como cuando abrimos los accesos a los pasadizos.

—¡Vamos! —los animó Yamil sin perder un momento.

El hueco no era muy grande, así que Ana se retiró y dejó que Jaime y Yamil se colocaran. Empujaron y la pared se deslizó hacia delante con facilidad, dejando al descubierto un ventanuco a la derecha. Yamil reptó por el hueco que había quedado y miró a través de él.

Al asomarse, descubrió una pequeña habitación donde se encontraban su padre, una mujer y un chico, que debían ser la madre y el hermano de Stefka, y la propia chica.

—¡Están aquí, los hemos encontrado! —gritó el muchacho dichoso.

Yamil saltó al cuartucho y se abrazó a su padre.

Cuando todos se calmaron, el chico relató los acontecimientos que habían tenido lugar durante los últimos días. El venerable no dejaba de sorprenderse ante cada nueva noticia que recibía.

Al final, Yamil anunció la muerte del Venerable Luis. Manuel hizo un gesto de tristeza. Stefka y su familia, sin embargo, lanzaron un suspiro de alivio.

La madre se dio cuenta de la situación e intentó disculparse:

—Nadie se puede alegrar de la muerte de otro, pero hemos sufrido mucho a causa de su desmedida ambición.

—Ahora, Almagesto está en la senda del resurgimiento, aunque nos queda mucho que hacer —reflexionó Manuel.

—¿No hay forma de salir desde aquí a la biblioteca? —preguntó Jaime intentando que todos se centraran en resolver ese asunto.

—Estamos justo detrás de las primeras estanterías que hay al entrar —comentó Manuel—. Pero no he encontrado el modo de salir desde aquí. De hecho, no conocía la existencia de este cuchitril.

Stefka se adelantó y dijo:

—Yo os puedo acompañar, hablaré con Enrique y volveré para liberar a mi familia y a Manuel. Creo que sé dónde está el dispositivo de apertura.

—No podemos fiarnos de ti —reprochó Yamil a la chica.

—Lo entiendo, pero ahora lo único que quiero es olvidar todo esto y volver a casa con mi madre y mi hermano —replicó ella apesadumbrada.

—Es una buena solución —concedió Manuel—. Creo que Stefka quiere ayudarnos.

Manuel hizo con sus manos una especie de estribo para que la chica se encaramara al ventanuco. Ella se introdujo por el hueco y se deslizó hacia la rampa donde la esperaban los demás. Yamil la siguió de inmediato.

Regresaron por donde habían venido y, en pocos minutos, se encontraron al pie de la escalera que subía hasta la sala de meditación.

—Tienes que subir por aquí —indicó Jaime a la chica, señalando la escalera.

Ella tomó aire e inició el ascenso, lentamente.

Jaime la siguió a considerable distancia y, tras él, subieron los demás.

Stefka emergió por el oscuro hueco y miró a un lado y otro de la sala hasta que sus ojos se toparon con los de Enrique.

–¿Dónde está el Venerable Luis? –preguntó el chico, acercándose a ella con evidente inquietud.

–Ya no volverá.

–¿Qué estás diciendo? ¿Lo han matado ellos? ¡Se acordarán de esto!

–No, no han sido ellos. Ha sido su propia ambición la que lo ha destruido. Y también acabará contigo si no recapacitas.

–Eres una cobarde y una traidora –aulló Enrique lanzándose hacia la chica con furia.

En ese instante, Jaime apareció y tuvo el tiempo justo de hacerle un placaje. Enrique se revolvía con una fuerza inusitada mientras Jaime se aferraba a sus piernas y Stefka lo agarraba a duras penas.

Del hueco de la escalera fueron surgiendo los demás, que tuvieron que emplearse a fondo para neutralizar la rabia de su adversario.

–¡Qué bárbaro! –comentó Lalo mientras Yamil cortaba las bridas de sus muñecas–. Y eso que parecía tan tranquilo.

Cuando la situación estuvo controlada. Lalo fue a soltar a Estrás, que hizo todo tipo de cabriolas para festejar su reencuentro con Rodrigo. Los demás se mostraban también muy contentos, pero no podían perder el tiempo con celebraciones porque aún tenían que liberar a los cautivos.

Jaime y Rodrigo decidieron quedarse en la sala de meditación con Estrás custodiando a Enrique; no querían exhibirlo maniatado por Almagesto. Cuando llegara Manuel, ya sabría qué hacer con él. Los restantes miembros del grupo corrieron en dirección a la biblioteca.

Al entrar, Stefka se dirigió a la estantería que estaba justo a la izquierda.

–En una ocasión vi a Luis abrir esta estantería como si fuera una puerta. Intentó ocultar cómo accionaba el mecanismo, pero me fijé bien y creo que puedo hacerlo.

Con calma, palpó el borde que estaba pegado a la pared, hasta que sus dedos se detuvieron en una pequeña palanca.

"Clack", sonó un chasquido y la estantería giró, dejando al descubierto el estrecho cubículo en el que permanecían los tres prisioneros.

Pocos minutos después, todos se reunían en la sala de meditación. Todo fueron gritos de júbilo, risas, abrazos y muestras de alegría.

Cuando se calmaron un poco, Stefka se adelantó y anunció:

–Nos gustaría irnos cuanto antes, si es posible. Pero antes, quisiera pedir disculpas por mi comportamiento. Me hubiera gustado pertenecer de verdad a vuestro grupo.

Berta se acercó a ella y la agarró por los brazos.

–Es muy duro que te obliguen a actuar en contra de tus ideas –la consoló–. Creo que todos sabemos que no elegiste comportarte de ese modo.

–Gracias por pensar así. Recogeré mis cosas –anunció Stefka dirigiéndose a la puerta con aire afligido.

–¿Qué vais a hacer conmigo? –preguntó Enrique desde el fondo de la sala.

Todas las miradas se concentraron en Manuel.

–Tendrás que someterte al Consejo –comunicó el venerable–. Sus miembros decidirán tu futuro. Aunque no habrá peor castigo para ti que la vergüenza de haber empañado la memoria de tus padres.

–¡Qué estupidez! –farfulló el chico.

Dos venerables entraron en la sala y se llevaron a Enrique, mientras los demás miraban tristemente cómo se alejaba.

Definitivamente, Almagesto había dado un vuelco a las vidas de todos ellos. Nunca volverían a ser los mismos.

# EPILOGO

El verano tocaba a su fin. En la torre del observatorio se encontraban reunidos los miembros destacados de Almagesto: el Consejo, los venerables, el grupo de eruditos y sus familias.

Los últimos meses habían sido tan intensos, que todos se sentían ahora parte importante de ese lugar de poder.

–Podremos contemplar las Perseidas desde este observatorio privilegiado –anunció Manuel–. Será maravilloso.

–¡Estoy encantado de ser testigo de este espectáculo! –bromeó Rodrigo mientras su madre lo sacudía con cierta incomodidad.

–No te preocupes, madre –la tranquilizó él dando un codazo de complicidad a Yamil–, ya me conocen y no hacen caso de mis tonterías.

Berta y Jaime miraban la torre del medidor de energía, que irradiaba luz. Sin decir nada, ambos sabían que se sentían bien juntos y que así iban a continuar.

Jaime escuchó la voz de su madre, que acababa de llegar. Se volvió y se lanzó a sus brazos.

–Mi niño especial –murmuró ella mientras lo estrechaba con todas sus fuerzas.

La madre de Lalo llevó a su hijo aparte y le preguntó:

–¿Sabéis ya qué le sucedió al anterior Guardián?

–No queremos manchar su memoria, pero nos tememos que una de las sombras que encontramos en el alma de la torre Norte es lo que quedó de él. Rodrigo está convencido.

–¿Pretendió robar la Quinta Piedra? –preguntó la madre sorprendida.

–Es posible. Solo él conocía el modo de acceder a ella. Era el único que pudo sacarla de su alojamiento. La energía de Almagesto descendió coincidiendo con la desaparición del Guardián y, a partir de ahí, nadie dudó que había muerto intentando protegerla.

–Bueno –intervino la madre de Ana lanzando un profundo suspiro–, por fin ha terminado esta pesadilla y todo vuelve a ser como antes.

–Me temo que este verano ha sido el comienzo de una nueva era en Almagesto –rebatió Manuel–. Hemos resuelto algunos enigmas y hemos abierto otros, que exigirán toda la atención de nuestros eruditos.

La madre de Ana iba a contestar, pero se vio interrumpida por un murmullo de admiración. Las Perseidas habían hecho su aparición en el firmamento.

Todos supieron entonces que aquella era la primera de las muchas lluvias de estrellas que les quedaban por compartir.

## FIN

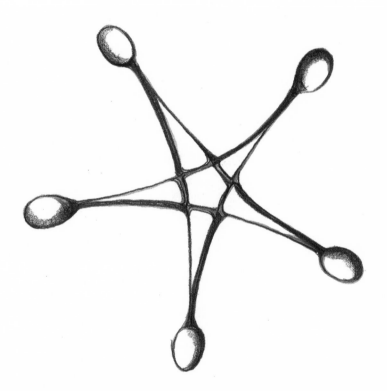